國家出版基金資助項目
國家社會科學基金重大招標項目（16ZDA174）

國家出版基金項目

詹福瑞　陳紅彥　主編

極玄集

歷代唐詩珍稀選本彙編

（唐宋金元卷）

⑬

鳳凰出版社

圖書在版編目（CIP）數據

極玄集/詹福瑞，陳紅彦主編. -- 南京：鳳凰出版社，2025. 3. --（歷代唐詩珍稀選本彙編）. -- ISBN 978-7-5506-4397-0

Ⅰ. I222.742

中國國家版本館CIP數據核字第2025JG8894號

書　　名　極玄集
主　　編　詹福瑞　陳紅彦
責任編輯　李相東　姜　嵩
裝幀設計　姜　嵩
責任監製　程明嬌
出版發行　鳳凰出版社（原江蘇古籍出版社）
　　　　　發行部電話025-83223462
出版社地址　江蘇省南京市中央路165號，郵編：210009
照　　排　南京新華豐製版有限公司
印　　刷　金壇古籍印刷廠有限公司
　　　　　江蘇省金壇市晨風路186號，郵編：213200
開　　本　718 毫米×1005 毫米　1/16
印　　張　33.5
版　　次　2025年3月第1版
印　　次　2025年3月第1次印刷
標準書號　ISBN 978-7-5506-4397-0
定　　價　380.00圓

目次

極玄集

《極玄集》提要

《極玄集》，唐姚合編。姚合（七七七—八四二），字大凝，吴興（今浙江湖州）人，姚崇曾侄孫。《新唐書》卷一二四《姚崇傳》附姚合傳曰：『合，元和中進士及第，調武功尉，善詩，世號姚武功者。遷監察御史，累轉給事中。』①其詩稱『武功體』，與賈島並稱『姚賈』。著有《姚少監詩集》十卷。

據書前姚合自題，《極玄集》『於衆集中更選其極玄者』，『凡廿一人，共百首』。所選上至盛唐王維、祖詠，下至大曆年間，多爲五言律詩，入選詩歌數量較多者爲錢起、郎士元、耿湋、司空曙、皇甫冉、戴叔倫等人。其選詩與高仲武《中興間氣集》多有重合。對此，何焯曾指出：『此書所采不越大曆以還詩格，然比之《間氣集》頗多名句，若刊其凡近，風味正似賈長江也。』②相較而言，《極玄集》選詩更爲精審，且與其創作旨趣一致。

《極玄集》可分爲兩個版本系統，即一卷本系統和二卷本系統。《新唐書·藝文志》《崇文總目》《直齋書録解題》著録此書爲一卷，元代辛文房《唐才子傳》提及此書亦作一卷，可知自唐末至元代，此書一直以一卷本流傳。然而一卷本流傳至今者極爲罕見，目前僅知上海圖書館所藏汲古閣影宋抄本作一卷。清初錢曾述古堂也曾藏有一部影宋抄本，見於其《也是園藏書目》《述古堂書目》③。康熙末年何焯曾據之校勘汲古閣本④。

① 《新唐書》卷一二四，中華書局一九七五年版，第四三八八頁。

② 見國家圖書館所藏傅增湘校跋並録何焯等批校汲古閣刻《唐人選唐詩八種》本《極玄集》卷上首葉（書號：〇四九七）。

③ 按，《述古堂書目》誤作『二卷』。

④ 可參見國家圖書館所藏傅增湘校跋並録何焯等批校汲古閣刻《唐人選唐詩八種》本《極玄集》（書號：〇四九七）。

元代始出現二卷本。現存二卷本卷首均有至元五年（一三三九）蔣易序，云『欲並鋟諸梓而力有未逮，姑先此集，與言詩者共之』，則蔣易刻本或即此系统之祖本。蔣易刻本今已失傳，康熙年間何焯曾據之校勘汲古閣本，略存其面貌。明代以來諸本皆屬於這一系統，包括隆慶楊綵刻《六家詩選》本、秦西巖又玄齋抄本、萬曆刻《唐人選唐詩六種》本、萬曆張世才刻《唐詩六集》本、汲古閣刻《唐人選唐詩八種》本及明刻本，另如明萬曆間邵重生《極玄集參》也是依據二卷本。尤其是汲古閣本於清代最爲通行，影響很大。清初王士禛《極玄集選》徑以之爲底本加以删選。日本文政八年（一八二五）所刊《唐詩極玄集》，亦是據汲古閣本翻刻。與一卷本相比，二卷本在分卷之外還存在其他差別。其一，其書名曾改爲《唐詩極玄集》，秦西巖抄本、明刻本、萬曆《唐人選唐詩六種》於目録處皆作此名。其二，增入南宋姜夔題點、蔣易等人題序、詩人小傳及校語。其三，所載戴叔倫詩，多《贈李山人》一首，而漏《送謝夷甫宰鄮縣》①。其四，文字上亦存在差異，可互爲校正。

本次選擇汲古閣影宋抄本、秦西巖又玄齋抄本、明刻本、萬曆張世才刻《唐詩六集》本四種影印。

汲古閣影宋抄本（現藏於上海圖書館，書號：綫善七九〇八二〇），一册，每半葉十行，行十八字，白口，左右雙邊。不分卷，卷端署『諫議大夫姚合纂』。無目録，僅列詩人名。

① 按，無論影宋抄本還是二卷本系統，諸本收詩皆爲九十九首，較姚合自題所謂『百首』闕一首。傅璇琮先生點校《極玄集》前記指出：『如果我們保留《送謝夷甫宰鄮縣》詩，又把《贈李山人》詩增補進去，則戴叔倫詩即爲八首，非七首，而全書恰爲百首之數。』見傅璇琮、陳尚君、徐俊編《唐人選唐詩新編》（增訂本），中華書局二〇〇四年版，第六六九至六七〇頁。

正文無詩人小傳。傅增湘曾見此本，而謂『審其行數，似從棚本出』①。此本卷中鈐『汲古主人』『宋本』『毛晉私印』『三十五峰園主人』『結一廬』『結一廬藏書印』等印，知曾經毛晉、汪士鍾、朱學勤等人收藏。又曾經陳乃昌寓目，留有題識『陳乃昌讀』。

秦西巖又玄齋抄本（現藏於國家圖書館，書號：四二九一），一册，每半葉九行，行二十字，白口，四周單邊。目録葉署『唐諫議大夫姚合纂／宋白石先生姜夔點』。此本版心刻有『又玄齋』字樣。又玄齋爲秦西巖之號。卷中又有其印鑒『書隱』『五嶺山人』『極玄居士』『又玄齋校閲過』等數枚。秦西巖，生卒年不詳，又名四麟、景陽、景暘，號季公，江蘇常熟人，萬曆間貢生，爲明代著名藏書家，多有秘笈，其抄本爲後世推重。

此本卷末有弗乘跋識：『此係吾鄉秦西巖手録，庚寅（一六五〇）上元日遵王見贈。弗乘。』弗乘即錢龍惕，錢謙益之侄。又有張遠跋識：『庚申（一六八〇）九月九日得於虞城肆中。超然。』可知曾經錢曾、錢龍惕、張超然收藏。之後轉入張金吾愛日精廬，見於《愛日精廬藏書志續志》卷四。後又歸於瞿氏鐵琴銅劍樓，《鐵琴銅劍樓藏書目録》卷二十三所載『《唐詩極玄集》二卷，明抄本』即此本。

明刻本（現藏於國家圖書館，書號：八五八九），一册，每半葉九行，行十八字，細黑

① 清莫友芝撰、傅增湘訂補、傅熹年整理《藏園訂補郘亭知見傳本書目》卷十六上，中華書局二〇〇九年版，第一五一四至一五一五頁。

口，四周雙欄。目録葉署『唐諫議大夫姚合纂／宋白石先生姜夔點』。字旁有密點，行間小注較秦西巖抄本更爲豐富，體例也更爲嚴謹，應更能反映蔣易刻本之貌。此本遞經多位藏書家收藏或寓目，有葉樹廉、黄式三、莫友芝、莫棠、楊守敬、袁克文、高世異、周叔弢等人題跋和鈐印。其中袁克文所留印鑒最多、題跋最詳。其《寒雲日記》『丁巳（一九一七）日記二月十七日』云：『於博古齋購得元刊《唐詩極玄集》及《滋溪文稿殘本》，皆極精妙。……刊刻楮墨不在宋本下也。』[①]袁克文購得此書後，十分寶愛，爲之題寫書名、題詩、撰跋，加鈐『皕宋書藏主人廿八歲小景』『流水音』『無垢』等十多方藏印，並以家藏明初唐人小集稍加校勘，書於卷末。其好友高世異曾借觀此書，此本卷末有其題識：『戊午歲暮假與汲古閣刻本點校一過。』袁氏晚年因生計所迫，將大部收藏變賣，此本《極玄集》爲周叔弢所得。書中鈐有『周暹』『曾在周叔弢處』兩枚藏印。周叔弢《自莊嚴堪書目》所著録『《極玄集》元本，一本』，即此本。亦可知袁克文、周叔弢諸家都以此本爲元刻。

萬曆張世才刻《唐詩六集》本（現藏於清華大學圖書館，書號：庚四四一·四二·三九〇〇），一册，半葉九行，行二十字，白口，左右雙邊。卷端署『唐進士武功姚合編集／明淮陰張世和介夫校』。此本與秦西巖抄本、明刻本有所不同。其一，此本將姚合自題、蔣易序置於目録之前，且無姜夔之語，目録羅列方式亦不同。其二，書名作『極玄集』，而非『唐詩極玄集』。其三，秦抄本、明刻本行間之小注基本不見於此本，而此本又新增了

① 王雨著，王書燕編《王子霖古籍版本學文集》第二册《古籍善本經眼録》附録《寒雲日記》，上海古籍出版社二〇〇六年版，第一七一頁。

不少新的校語，觀之，多以詩人別集相校。以上改動或即出自卷端所題張世和。卷中鈐『温葆淳印』『劉半農藏書』『劉』『劉家書庫』『半農讀書』，知此本曾爲温葆淳、劉半農收藏。

（韓　寧）

極玄集

上海圖書館藏汲古閣影宋抄本

極玄集　宋本影寫

極玄集

諫議大夫姚合纂

王維　祖詠　李端　耿湋

盧綸　司空曙　錢起　郎士元

韓翃　暢當　皇甫曾　李嘉祐

皇甫冉　朱放　嚴維　劉長卿

靈一　法振　皎然　清江

戴叔倫

此皆詩家射鵰之手也合於衆集中更選其極玄者免後來之非凡二十一人共一百首

送晁監歸日東　王維 三首

積水不可極安知滄海東九州何處所萬里若
乘空向國唯看日歸帆但信風鼇身映天黑魚
眼射波紅鄉樹扶桑外主人孤島中別離方異
域音信若爲通

送丘爲

憐君不得意況復柳條春爲客黄金盡還家白
髮新五湖三畝宅萬里一歸人知爾不能薦羞
稱獻納臣

觀獵

風勁角弓鳴將軍獵渭城草枯鷹眼疾雪盡馬蹄輕忽過新豐市還歸細柳營迴看射鵰處千里暮雲平

留别盧象　祖詠五首

朝來已握手宿别更傷心灞水行人渡商山驛路深故情君且足謫宦我難任直道皆如此誰能淚滿襟

蘭峯贈張九皐

君王既巡狩輦輅入秦京遠樹低蒼壘孤山出草城寒踈清禁漏夜警羽林兵誰念迷方客長

懷魏國情

蘇氏別業

別業居幽處到來生隱心南山當户牖豐水在（一作映）園林竹覆經冬雪庭昏未夕陰寥寥人境外閑坐聽春禽

夕次圃田店

前路入鄭郊向經百餘里馬煩時欲歇客歸程未巳落日桑柘陰遥村煙火起西還不遑宿中夜渡京水

題韓少府水亭

梅福幽棲處佳期不忘還鳥啼當户竹花繞傍
池山水氣侵堦冷藤陰覆座閑寧知武陵趣宛
在市朝間

贈苗員外　李端　四首

朱户敞高扉青槐礙落暉八龍承慶重三虎遞
朝歸坐竹人聲絶横琴鳥語稀花慙潘岳貌年
稱老萊衣葉暗新櫻熟絲長粉蝶飛應憐魯儒
賤空與故山違

茂陵山行陪韋金部

宿雨朝來歇空山天氣清盤雲雙鶴下隔水一

蟬鳴古道黄花落平蕪赤燒生茂陵雖有病猶得伴君行

雲際中峯

自得中峯住深林亦閉關經秋無客到入夜有僧還暗澗泉聲小荒岡樹影閑高亭不可望星月滿空山

蕪城懷古

風吹城上樹草没城邊路城裏月明時精靈自來去

贈嚴維　耿湋八首

許詢清論重寂寞住山陰野客投寒寺閑門傍古林海田秋熟早湖水夜漁深世上窮通理誰能柰此心

贈朗公

來自西天竺持經奉紫微年深梵語變行苦俗人歸月上安禪久苔生出院稀梁間有馴鴿不去爲無忘一作機

早朝

鐘鼓餘聲裏千官向紫微冒寒人語少乘月燭來稀清漏聞馳道輕紅一作霞映瑣闈猶看嘶馬

處未啓掖垣扉

秋日

返照入閭巷憂來與誰語古道無人行一作少人行秋風動禾黍

書情逢故人

因君知此事流浪已忘機客久多人識年高衆病歸連雲湖色遠度雪鴈聲稀又說家林盡悽傷淚滿衣

沙上鴈

衡陽多道里弱羽復哀音還塞知何日驚弦亂

此心夜陰前侶遠秋冷後湖深獨立汀沙意寧
知霜霰侵
贈張將軍
寥落軍城暮重行返照間鼓鼙經雨暗士馬過
秋閑慣守臨邊郡曾營近海山關西舊業在夜
夢中還
訓暢當
同游漆沮後已是十年餘幾度曾相夢何時定
得書月高城影盡霜重柳條踈且對罇中酒千
般想未如

領嶺南故人書　盧綸 四首

瘴海寄雙魚中宵達我居兩行燈下淚一紙嶺南書地說炎蒸極人稱老病餘慇懃報賈誼一作傅莫共酒盃踈

題興善寺後池

隔窻棲白鳥似與鏡湖鄰月照何年樹花逢幾世人岸莎青有路苔逕綠無塵願得容依止僧中老此身

山下古木

高林已蕭索夜雨復秋風墜葉鳴荒竹斜根擁

斷蓬半侵山影裏長在水聲中此地何人到雲門路亦通

送李端

故關衰草遍離別自堪悲路入（一作出）寒雲外人歸暮雪時少孤爲客早多難識君遲掩淚空相向風塵何所期

耿湋就宿因傷故人　司空曙　八首

舊時聞笛淚此夜重霑衣方恨同懷少那堪相見稀竹煙凝澗壑林雪似芳菲多謝勞車馬應憐獨掩扉

經廢寳炎寺

黄葉前朝寺無僧寒殿開池晴龜出曝松暝鶴飛迴古砌碑横草陰廊畫雜苔禪宫亦消歇塵世轉堪哀

春日野望寄錢員外 起

草長花落樹羸病強尋春無復少年意空餘華髮新青原晴見水白社静逢人寄謝南宫客軒車不可親

喜外弟盧綸見宿

静夜無四鄰荒居舊業貧雨中黄葉樹燈下白

頭人以我獨沉夂娓君相見頻平生自有分況
是蔡家親

送王閏

相送臨寒水蒼茫望故關江蕪連夢澤楚雪入
商山話我他年舊看君此日還因將自悲涙一
灑別離顔

新蟬

今朝蟬忽鳴遷客若爲情漸覺一年謝能令萬
感生微風初滿樹落日稍沉城爲問同懷者凄
凉聽幾聲

望水

高樓晴見水楚客靄相和野極空如練天遥不辨波永無人跡到時有鳥行過況是蒼茫外殘陽照最多

哭麴象

憶昨秋風起君曾嘆逐臣何言芳草日自作九泉人

送僧歸日東　　錢起　八首

上國隨縁住東途若夢行浮雲蒼海遠去世法舟輕水月通禪觀魚龍聽梵聲惟憐慧燈影萬

里眼中明

送僧自吳遊蜀

隨緣忽西去何日返東林世路無期別空門不住心人煙一飯少山雪獨行深天外猿聲夜誰聞清梵音

送張管書記

邊事多勞役儒衣逐鼓鼙日寒關樹外峯盡塞雲西河廣蓬難度天遥鴈漸低班超封定遠之子去思齊

送征鴈

秋空萬里靜嘹唳獨南征風急翻霜冷雲開見
月驚塞長憐去翼影滅有餘聲悵望遥天外鄉
愁滿目生

寄郎士元

龍節知無事江城不掩扉詩傳過客遠書到故
人稀坐嘯看潮起行春送鴈歸望舒三五夜思
盡謝玄暉

宿洞口館

野竹通溪冷秋蟬一作泉入户鳴亂來人不到寒
草上堦生

裴迪書齋望月

夜來詩酒興獨上謝公樓影閉重門靜寒生獨樹秋鵲驚隨葉散螢遠入煙流今夕遥天末清輝幾處愁

送彈琴李長史赴洪州

抱琴爲傲吏孤棹復南行幾度秋江水皆添白雪聲佳期來客夢幽思緩王程佐牧無勞問心和政自平

送彭將軍　郎士元　八首

雙旌漢飛將萬里授橫戈春色臨關盡黃雲出

塞多鼓鼙悲絶漠烽戍隔長河莫斷陰山路一作想到陰山北天驕已請和

送孫頠

悠然富春客憶與暮潮歸擢第人多羨如君獨步稀亂流江渡淺遠色海山微若訪新安路嚴陵有釣磯

贈張南史

雨餘深巷靜獨酌送殘春車馬雖嫌僻鶯花不棄貧蟲聲黏户網鼠跡印床塵借問山陽會如今有幾人

宿杜判官江樓

適楚豈吾願思歸秋向深故人江樓月永夜千里心落葉覺鄉夢鳥啼驚越吟寥寥更何有斷續空城砧

送楊中丞和番

錦車登壠日邊草正萋萋舊好尋君長新愁聽鼓鼙河源飛鳥外雪嶺大荒西漢壘今由在遥知路不迷

送長沙韋明府之任

秋入長沙縣蕭條旅宦心烟波連桂水官舍映

楓林雲日楚天暮汀沙白露深遥知訟堂裏嘉
政在鳴琴

送奚賈歸吴

東南富春渚曾是謝公遊今日奚生去新安江
正秋水容清過客霜葉落行舟遥想青亭下聞
猨應（一作生）夜愁

送別友人

暮蟬不可聽落葉豈堪聞共是悲秋客那知此
路分荒城背流水遠鴈入寒雲陶令門前菊餘
花可贈君

少年行　　韓翃 四首

千點斕斒噴玉驄青絲結尾繡纏鬃鳴鞭曉出銅臺路葉葉春衣楊柳風

羽林

驄馬牽來御柳中鳴鞭欲向渭橋東紅蹄亂踏春城雪花領驕嘶上苑風

題薦福衡岳禪師房

春城乞食還高論此中閑僧臘堦前樹禪心江上山踈簾看雪卷深户映花關晚送門人去鐘聲杳靄閒

送孫革及第歸

過淮芳草歇千里又東歸野水吳山出家林越鳥飛荷香隨去棹梅雨點行衣無數滄洲客如君達者稀

宿潭上　暢當三首

夜潭有仙舸與月當水中嘉賓愛明月遊子驚秋風

又

青蒲野陂水白露明月天中夜秋風起心事坐潸然

別盧綸

故交君獨在又欲與君離我有新秋淚非關秋氣悲

尋劉處士　皇甫曾 三首

幾年人不見林下掩柴關留客當清夜逢君話舊山隔城寒杵急帶月早鴻還南陌雖相近其如隱者閑

哭陸處士

從此無期見柴扉帶雪開二毛逢世難萬恨掩泉臺返照空堂夕孤城吊客迴漢家偏訪道獨

畏鶴書來

送人作使歸一作送李中丞歸本道

上將還專席雙旌復出秦關河三晉路賓從五原人孤戍雲連海平沙雪度春酬恩看玉劒何處有煙塵

和苗員外秋夜省直發　李嘉祐一首

久雨南宮夜仙郎寓直時漏長丹鳳闕秋冷白雲司螢影侵堦亂鴻聲出苑遲蕭條人吏散小謝有新詩

送韓司直　皇甫冉八首

遊吳還適越來往任風波復送王孫去其如春草何岸明殘雪在湖滿夕陽多季子留遺廟停舟試一過

宿嚴維宅

昔聞玄度宅門向會稽峯君住東湖下清風繼舊蹤初秋臨水月半夜隔山鐘世路多離别良宵詎可逢

途中送權曙二兄

淮海風濤起江關憂思長同悲鵲遶樹獨作鴈隨陽山晚雲和雪汀寒月照霜猶來濯纓處漁

父愛滄浪

西陵寄一公

西陵遇風處自古是通津終日空江上雲山若待人汀沙寒事早魚鳥興同新南望山陰路吾心有所親

九日寄鄭愕

重陽秋已晚千里信仍稀何處登高望知君正憶歸還當採時菊應未授寒衣欲識離君恨郊園晝掩扉

酬崔侍御期籍道士不至見寄

一心求妙道幾歲候眞師丹竈今何處白雲無定期崑崙煙景絶汗漫往來遲君但焚香待人間到有時

巫山高

巫峽見巴東迢迢出半空雲藏神女館雨到楚王宫朝暮泉聲落寒暄樹色同清猿不可聽偏在九秋中

送元盛一作晟歸潛山一作歸於潛山

深山秋事早君去復何如裛露收新稼一作橡迎寒葺舊廬題詩即招隱作賦是閑居別後空相

憶嵇康懶寄書

送張山人歸　　朱放　二首

知君住處足風煙古寺荒村在眼前便欲移家逐君去唯愁未有買山錢

送著公歸越

誰能愁此別到越會相逢長憶雲門寺門前千萬峯石床埋積雪山路倒枯松莫學白道士無人知去蹤

題一公院前新泉　　嚴維　四首

山下新泉出泠泠比法源落花纔有響濺石未

成痕獨映孤松色殊分衆鳥喧唯當清夜月觀
此啓禪門

送薛尚書入朝

畢情不敢論拜手立轅門列郡諸侯長登朝八
座尊凝笳臨水發行旆向風翻幾許遺民泣同
懷父母恩

哭靈一上人

一公何不住空有遠公名共說岑山路今時莫
可行舊房松更老新塔草初生經論傳緇侶文
章徧墨卿

自雲陽歸晚泊陸澧宅

雪天行易晚前路故人居孤棹所思久寒林相見初開燈忘夜永清論任更餘明後還須去離家歲欲除

過張明府別業　劉長卿七首

寥寥東郭外白首一先生考滿（一作解印）孤琴在家移（一作移家）五柳成夕陽臨水釣春雨向田耕終日空林下何人識此情

餘干旅舍

搖落暮天迥青楓霜葉稀孤城向水閉獨鳥背

人飛渡口月初上鄰家漁未歸鄉心正欲絕何處擣寒衣

送鄭十二歸廬山

潯陽數畝宅歸臥掩柴關谷口何人在門前秋草閑無幾買藥罷不語杖藜還舊筍成寒竹空齋向暮山水流過舍下雲去到人間桂樹花應發因行寄一攀

長沙桓王墓下書事別張南史

長沙千載後春草獨萋萋流水朝還（一作將）暮行人東復西苔碑幾字滅山木萬株齊唯有年芳

在（一作佇立傷今古）相看惜解攜

登思禪寺上方

西峯上方處臺隱見曚曨晚磬秋山裏清猿古木中衆溪連竹徑諸嶺共松風儻許棲林下甘成白首翁

過隱公故房

自從飛錫去人到沃洲稀林下期何在山中春獨歸踏花尋舊徑暎竹掩空扉寥落東峯上猶堪靜者依

送李中丞歸漢陽別業

流落征南將曾驅十萬師罷歸無舊業老去戀
明時獨立三邊靜輕生一劒隨一作知茫茫漢江
上日暮欲何之

酬皇甫冉西陵見寄　靈一四首

西陵潮信滿島嶼没中流越客依風水相思南
渡頭寒光生極浦落日映滄洲何事揚帆去空
驚海上鷗

溪行即事

近夜山更碧入林溪轉清不知伏牛事潭洞何
縱横曲岸煙初合平湖月未生孤舟屢失道

聽秋泉聲

重還宜豐寺

再過招隱寺重會息心期樵客問歸日山僧記別時野雲陰遠甸秋雨漲前陂勿謂頻來此吾今不好奇

西霞山夜坐

山頭戒壇路幽映雲巖側四面青石床一峯苔蘚色松風靜復起月影開還黑何獨秉夜來殊非晝所得

送人遊閩越　法振　二首

不須行借問爲爾話閩中海島春寒雨江帆來去風道遊玄度宅身寄朗陵公此別何傷遠如今關塞通

疾愈寄友人

哀樂暗成疾卧中方月移西山有清士孤笑不可追擣藥樹林靜汲泉陰澗遲微蹤與麋鹿遠謝求羊知

微雨　皎然 四首

片雨拂簷楹煩襟四座清霏微過麥隴蕭散傍莎城靜愛和花落幽聞入竹聲朝觀趣無限高

詠寄閑情

題廢寺

武原羅亂後具界積塵埃殘月生秋水悲風起古臺故人今已盡棲鴿暝還來不到無生理應堪賦七哀

賦得啼猨送客

萬里巴江外三聲月峽深何年有此路幾客共沾襟斷臂分垂影流泉入苦吟淒涼離别後聞此更傷心

思歸示友人

桐江秋信早憶在故山時靜夜風鳴磬無人竹掃墀猨來觸淨水鳥下啄寒梨可關吾事歸心自有期

長安卧疾　清江二首

身世足堪悲空房卧疾時卷簾花雨滴掃石竹陰移巳覺生如夢堪嗟壽不知未能通法性詎可見支離

宿嚴維宅簡章八元

佳期曾不遠甲第即南鄰惠愛偏相及經過豈猒頻秋光林葉動夕霽月華新莫話羇棲事平

原是主人

吴明府自遠而來留宿　戴叔倫 七

出門逢故友衣服滿塵埃歲月不可問山川何處來倚城容弊宅散職寄靈臺自此留君醉相懽得幾迴

除夜宿石頭驛

旅館誰相問寒燈獨可親一年將盡夜萬里未歸人寥落悲前事支離笑此身愁顔與衰鬢明日又逢春

客舍與故人偶集

天秋月又滿城闕夜千重還作江南會翻疑夢裏逢風枝驚暗鵲露草覆寒蛩羈旅長堪醉相留畏曉鐘

送友人東歸

萬里楊柳色出關送故人輕煙拂流水落日照行塵積夢江湖闊憶家兄弟貧徘徊灞亭上不語自傷春

别友人

擾擾倦行役相逢陳蔡間如何百年内不見一人閑對酒惜餘景問程愁亂山秋風萬里道又

出穆陵關

廣陵送趙主簿

將歸汾水上遠自錦城來已泛西江盡仍隨北鴈回暮雲征馬速曉月故關開漸向庭闈近留君醉一盃

送謝夷甫宰鄮縣

君去方爲縣兵戈尚未銷邑中殘老小亂後少官僚廨宇經山火公田没海潮到時應變俗新政滿餘姚

極玄集終

唐詩極玄

國家圖書館藏明秦酉巖又玄齋抄本

唐詩極玄集

唐諫議大夫姚合　纂
宋白石先生姜　夔　點

上卷

王維　三首　祖詠　五首
李端　四首　耿湋　八首
盧綸　四首　司空曙　八首
钱起　八首　闕一首　郎士元　八首
暢當　三首

右九人詩五十一首

下卷

韓翃四首　皇甫曾三首

李嘉祐一首　皇甫冉八首

朱放二首　嚴維四首

劉長卿七首　皎然四首　靈一四首

清江二首　法振二首　戴叔倫七首

右十二人詩四十八首

姚式功自題云此皆詩家射鵰手也合於衆集中更

選其極玄者庶免後來之非凡廿一人共百首
今挍諸本皆闕一首
姜堯章云唐人詩措辭妥帖用意精切或譏其卑下
非也當以唐人觀之又云吾所不加點者亦非後
世所能到
唐詩數千百家浩如淵海姚合以唐人選唐詩其識
鑒精矣然所選僅若此何也蓋當是時以詩鳴者
人有其集製作雖多鮮克全美譬之握珠懷璧豈
悉無瑕纇者哉迨功去取之法嚴故其選精選之

精故所取僅若此宋初詩人猶宗唐自蘇黄一出
唐法幾廢介甫選唐百家亦惟據宋次道所有本
耳又玄粹苑世巳稀睹況其他乎易甞采唐人詩
幾千家萬有餘首睎此有愧蓋閔作者之苦心悼
後世之無聞故凡一聯一句可傳誦者悉録不遺
亦不以人廢固知愽而寡要勞而無功知我罪我
一不敢計業欲并録諸梓而力有未逮姑先此集
與言詩者共之時重紀至元之五年三月既望建
陽蔣易題

唐詩極玄上

唐諫議大夫姚合選

王維 字摩詰河東人開元九年進士歷拾遺御史天寶末給事中肅宗時尚書右丞 選三首

積水不可極安知滄海東九州何處所萬里若乘[illegible]
向國唯看日歸帆但信風鼇身映天黑魚眼射波紅
鄉樹扶桑外主人孤島中別離方異域音信若為通

右送晁監歸日本

憐君不得意况復柳條春為容黃金盡還家白髮新
五湖三畝宅萬里一歸人知爾不能薦羞稱獻納臣

右送丘為

風勁角弓鳴將軍獵渭城草枯鷹眼疾雪盡
馬蹄輕忽過新豐市還歸細柳營迴看射
鵰處萬里暮雲平　右觀獵

祖詠　開元十二年進士　選五首

留別盧象

朝來已握手宿別更傷心灞水行人渡商山驛路深
故情君且足謫宦我難任直道皆如此誰能淚滿襟

蘭峯贈張九皋

君王既巡狩輦路入秦京遠戍低蒼壘孤山出草

城寒蟀清禁漏夜警羽林兵誰念迷方客長懷魏闕情

蘇氏別業

別業居幽處到來生隱心南山當戶牖豐水在園林
竹覆經冬雪庭昏未夕陰寥寥人境外閒坐聽春禽

夕次圃田店

前路入鄭郊向經百餘里馬煩時欲歇客歸程未已落
日桑柘陰遙村煙火起西還不遑宿中夜渡京水

題韓少府水亭

梅福幽棲處佳期不忘還鳥啼當戶竹花遶傍池山

氣侵階冷藤陰覆座閑寧知武陵趣宛在市朝間

李端 趙郡人大曆五年進士與盧綸吉中孚韓翃錢起司空曙苗發崔峒耿湋夏侯審唱和號十才子歷校書郎終杭州司馬

贈苗員外

朱戶敞高廊青槐礙落暉八龍承慶重三虎遞朝歸坐竹人聲絕橫簷鳥語稀花慚潘岳貌年稱老萊衣葉暗新櫻熟絲長粉蝶飛應憐魯儒賤空與故山違

茂陵山行陪工部

宿雨朝來歇空山天氣清盤雲雙鶴下隔水一蟬鳴

古道黃花落平蕪赤燒生茂陵雖有病猶得伴君行

雲際中峯

自得中峯住深林亦閉關經秋無客到入夜有僧還暗澗泉聲小荒岡（本集岡作村）樹影閑高亭不可望星月滿空山

蕪城懷古

風吹城上樹草没城邊路城裏月明時精靈自來去

右選詩四首

耿湋（音爲或作緯）寶應二年進士官左拾遺　選八首

贈嚴維

許詢清論重。寂寞住山陰。野客投寒寺。客投本集作路接閑門當古林。當一作旁姜夔本作向海田秋熟早。湖水夜漁深。世上窮通理。誰能奈此心。

贈朗公

來自西天竺。持經奉紫微。年深梵語變。行苦俗人歸。月上安禪久。苔生出院稀。梁閒有馴鴿。不去為無機。

早朝

鍾鼓餘聲裏。千官向紫微。冒寒人語少。乘月燭來稀。清漏闕馳道。紅（一作輕）霞暎鏁闈。猶看嘶馬處。未敢掩垣扉。

秋日

返照入閭巷。憂來誰與語。古道少人行。秋風動禾黍。

書情逢故人

因君知此事。流浪已忘機。客久多人識。年高衆病歸。連雲湖色遠。度雪雁聲稀。又說家林盡。淒傷淚滿衣。

沙上鴈

衡陽多道里。弱羽復哀音。遠塞知何日。驚
弦亂此心。夜陰前侶遠。秋冷後湖深。獨立汀
沙意。寧知雪本集作霜霰侵。

贈張將軍

寥落軍城暮。重門反照間。鼓聲經雨暗。士馬
過秋閑。慣守臨邊郡。曾營近海山。關西舊業
在。夜夜夢中還。

訓暘當

同遊漆沮後，已是十年餘。幾度曾相夢，何時定得書。月高猶影盡，霜重柳條疏。且對尊中酒，千般想未如。

盧綸

字允言，河東人。天寶末舉進士不第。大曆初王縉奏爲集賢學士，終戶部郎中。

選四首

領嶺南故人

瘴海寄雙魚，中宵達我居。兩行燈下淚，一紙嶺南書。地說炎蒸極，人稱老病餘。殷勤報賈誼，莫共酒杯疏。

題興善寺後池

隔窗栖白鳥，似與鏡湖鄰。月照何年樹，花逢幾世人。岸莎青有路，苔徑綠無塵。願得（願得本集作永願）

客依山僧中老此身

山下古木

高林已蕭索，夜雨復秋風。墜葉鳴荒竹，斜根擁斷蓬。半侵山影裏，長在水聲中。此地何人到，雲門路亦通。

送李端

故關衰草徧，離別自堪悲。路出寒雲外，人歸暮雪時。少孤為客早，多難識君遲。掩泪空相向，風塵何處期。

司空曙 字文明廣平人舉進士貞元中水部郎中終虞部郎中　選八首

耿湋就宿因傷故人

舊時聞笛淚。此夜重霑衣。方恨同懷少。那一作何堪相見稀。竹烟凝澗壑。林雪似芳菲。多謝勞車馬。應憐獨掩扉。

經廢寶慶寺

黃葉前朝寺。無僧寒殿開。池晴龜出曝。松暝鶴飛回。古砌碑橫草。陰廊畫襍苔。禪宮亦消歇。塵世轉堪哀。

春日野望寄錢員外

草長花落樹。羸病強尋春。無復少年意。空餘白髮新。青

原晴見水白社靜逢人寄諸南宮客軒車不可親（白髮一作華髮）

喜外弟盧綸見宿

靜夜無四隣荒居舊業貧雨中黃葉樹燈下白頭人以我獨沉久愧君相見頻平　自有分況是蔡（一作霍）家親

送王閭

相送臨寒水蒼茫望故關江蕪連夢澤楚雪入南山話敘他年舊看君皆還因將自悲淚一灑別離顏（本集顏作間）

新蟬

今朝蟬忽鳴遷客若為情漸覺一年謝（本集漸作便謝作老）能令萬感生

微風初滿樹，落日稍沉城。為問同懷者，淒涼聽幾聲。

望水

高樓晴見水，楚客謫相和。野極空如練，天邊不辨波。永無人跡到，時有鳥行過。况是蒼茫外，殘陽照最多。

哭魏象

憶昔秋風起，君曾歎逐臣。何言芳草日，自作九原人。

錢起 字仲文，吳興人。天寶十載進士，歷校書郎，終尚書郎、太清宮使。 選八首

送僧歸日東

隨緣忽西去，何日返東林。世路無期本集作寧嗟別，空門不住本集作久息心人

烟。一飯少。山雪獨行深。天外猿聲夜。本集作處誰聞清梵音。

送張管書記

邊事多勞役。儒衣逐鼓鼙。日寒關樹外。峰盡塞雲西。河廣蓬難度。天遙雁漸低。班超封定遠。之子去思齊。

送征雁

秋空萬里靜。嘹唳獨南征。風急翻霜冷。雲開見月驚。塞長憐去翼。影滅有餘聲。悵望遙天外。鄉愁滿目生。

寄郎士元

龍節知無事。江城不掩扉。詩傳過客遠。書到故人稀。

嘯看潮起行春送雁崹望舒三五夜思到謝玄暉

宿洞口館、或作耿湋詩

野竹通溪冷秋蟬本集作泉入戶鳴亂來人不到寒本集作苔草上階生

裴迪書齋望月

夜來詩酒興獨上謝公樓本集獨上作月滿影閑重門靜寒生獨樹秋鵲鵲本集作鶴驚隨葉散螢逐入烟流今夕遥天末清輝幾處愁

送彈琴李長史赴洪州

抱琴爲傲吏孤棹復南征幾度秋江水皆添白髮聲惟期來客夢幽思緩王程佐牧無勞問心和政自平

郎士元（字君胄天寶十五年進士與錢起齊名歷拾遺終郢州刺使）　選八首詩

雙旌漢飛將萬里授横戈春色臨關（本集作邊）盡黄雲出塞多鼓鞞悲絶漠烽戍（本集作火）隔長河莫斷陰山路（本集作想到山陰北）天驕已請和　右送彭將軍（集作送李將軍赴定州）

送孫顔

悠然富春客憶與暮潮歸擢第人多羨如君獨步稀亂流江渡淺遠色海山微若訪新安路嚴陵有釣磯

贈張南史

雨餘深巷静獨酌送殘春車馬雖嫌僻鶯花不棄貧

聲黏户網鼠迹眹床塵聞道（本集作借問）山陽會如今有幾人

宿杜判官江樓

適楚豈吾願思歸秋向深故人江樓月永夜千里心落葉覺鄉夢鳥啼驚越吟寥寥更何有斷續空城砧

送楊中丞和蕃

錦車登隴日邊草正萋萋舊好尋君長新愁聽鼓鼙河源飛鳥外雪嶺大荒西漢壘今猶在遥知路不迷

送長沙韋明府之任

秋入長沙縣蕭條旅宦心烟波連桂水官舍暎楓林

雲日楚天暮汀沙白露深還知訟堂裏嘉政在鳴琴

送吳賈歸吳

東南富春渚曾是謝公遊今日吳生去新安江正秋水容清（本集作水清迎）過客楓（集作霜）葉落行舟（落作伴）遠想青（集作赤）亭下聞猿應夜愁

送友人別（集作盩厔縣鄭礒宅送錢大）

暮蟬不可聽落葉豈堪聞共是悲秋客那知此路分荒城背流水遠雁入寒雲陶令門前菊餘花可贈君

暢當（河東人進士及第貞元初太常博士終果州刺史）選三首

宿潭上

夜潭有僊舸，與月當水中。嘉宵愛明月，遊子驚秋風。

又

青蒲夜陂水，白露明月天。中夜秋風起，心事坐潸然。

别盧綸

故交君獨在，又欲與君離。我有新秋淚，非關宋玉悲。

唐詩極玄上

右九人詩五十一首

唐詩極玄下

姚合選

韓翃 字君平南陽人天寶十三載進士以寒食詩受知德宗官至中書舍人

選四首

少年行

千點斕斒噴玉本集作玉勒驄。青絲結尾繡纏鬃。鳴鞭曉集作晚出銅臺集作章臺路。葉葉春衣楊柳風。

羽林

驄本集作駿馬牽來御柳中。鳴鞭欲向渭橋東。紅蹄亂蹋春城雪。花頸驕嘶上苑風。

題薦福衡岳禪師房

春城乞食還高論此中間僧臘階前樹（集作草）禪心江上山疎簾

看雪捲深戶映花關晚送門人去（集作出）鍾聲杳靄間

送孫革及（集作送李秀才歸江南）

過淮芳草歇千里又東歸野水吳山出家林（集作村）越鳥歸

飛猶香隨去梅雨點行衣無數滄洲（集作江）客如君達者稀

皇甫曾（字孝常丹陽人天寶十二載進士官歷監察御史与兄冉齊名一時）　選三首

尋劉處士

幾年人不見林下掩柴關留客當清夜逢君話舊山隔

城寒杵急帶月早鴻還南陌雖相近其如隱者閑

唐詩極玄　國家圖書館藏明秦西巖又玄齋抄本

哭陸處士

從此無期見紫扉帶雪開二毛逢世難萬恨掩泉臺返照

空堂夕孤城吊客迴漢家偏訪道猶畏鶴書來紫扉帶集作柴門對

送人作使歸　本集作送李中丞歸本道

上將還專席集作罷分閫雙旌復出秦關河三晉路賓

從五原人孤戍雲連海集作碣石山平沙集作灣池雪度春酬

恩看玉劍何處有煙塵

李嘉祐　字從一袁州人天寶七載慶春進士大曆中泉州刺史

選一首

久集作多兩南宮夜仙郎寓直集作上直時漏長丹鳳闕秋老

白雲司（本集秋光作秋令）葉影侵階亂鴻聲出苑遲蕭條
人吏散小謝有新詩　右和苗員外秋夜省直

皇甫冉（字茂政，丹陽人，天寶十五載進士，大曆中爲左補闕）　選八首

送歸司直（此詩今見皇甫曾集，又見郎士元集，又見劉長卿集）

遊吳還適越，來往任風波。復送王孫去，其如春草何。山（本集作岸）明殘雪在，潮（本集作湖）滿夕陽多。季子留遺廟，停舟試一過。

宿嚴維宅

昔聞玄度宅，門向會稽峰。君住東湖下，清風繼舊蹤。初秋臨水月，半夜隔山鐘。世路（集作故）多離別，良宵詎可逢。

途中送權曙二兄

淮海風濤起○江關憂思長○同悲鵲繞樹○獨作雁隨陽○山晚雲和雪○汀寒月照霜○由來濯纓處○漁父愛滄浪○

西陵寄一公　又見皇甫曾集

西陵遇風處○自古是通津○終日空江上○雲山若待人○汀沙集作洲寒事早○魚鳥興同新○集同作情南望山陰路○意集作心中有所親○

九日寄鄭愕　集愕作豊

重陽已秋晚○千里信仍稀○何處登高望○知君念憶歸○還當采時菊○應未授寒衣○欲識離居恨○郊園畫集作正掩扉○

酬崔侍郎期籍道士不至見寄

一心求妙道幾歲候真師丹竈今何在處（本集作在）白雲無定期崑崙烟景（集作景致）絕汗漫往來遲（集來作還）君但焚香待人間到有時

巫山高（集高作峽）

巫峽見巴東迢迢出半空雲藏神女館雨到楚王宮朝暮泉聲落寒暄樹色同清猿不可聽偏在九秋中

送元晟歸潛山

深山秋事早君去復何如裛露收新稼迎寒葺舊

廬題詩即招隱作賦是閒居別後空相憶稽康嬾寄書

朱放　字長通襄州人隱居剡溪貞元中召拜拾遺不就　選二首

送張山人歸

知君住處足風煙古樹荒村在眼前便欲移家
逐君去唯愁未有買山錢

送著公歸越

誰能愁此別到越會相逢長憶雲門寺門前千萬峰
石牀埋積雪山路倒枯松莫學白道士無人知去蹤

嚴維　字正文山陰人至德一載進士歷諸暨及河南尉終校書郎　選四首

送薛尚書入朝

平情不敢（作可）論，拜手立彤闈。列郡諸侯長，朝登八座尊。疑笳臨水發，行旆向風翻。幾許遺民（集作黎）泣，同懷父母恩。

題一公院新泉

山下新泉出，泠泠北澗源。落池才有響，濺（濺集作噴）石未成痕。獨映孤松色，殊分衆鳥喧。唯當清夜月，觀此啓禪門。

哭靈一上人

一公何不住，空有遠公名。共說岑山路，今時莫可行。舊房松更老，新塔草初生。經論傳緇侶，文章遍

墨卿（本集下復有蜀云禪林枝幹折法宇棟梁傾誰復脩僧史應知傳已成）

自雲陽歸晚泊陸豐宅

雪天（集作天陰）行易晚前路故人居孤棹所思久寒林相見初閑燈忘夜永清漏任更餘（集作踈）明後還須去離家歲欲除（歲欲本集作幾歲）

劉長卿（字文房宣城人開元廿一年進士歷監察御史終隨州刺史）　選七首

過張明府別業

寥寥東郭外白首一先生考滿（集作解印）孤琴在家移（集作移家）五柳城夕陽臨水釣春雨向田耕終日空林下何人識此情

餘干旅舍

搖落暮天迥青楓霜葉稀孤城向水閉獨鳥背人飛

渡口月初上鄰家漁未歸鄉心正欲絕何處擣寒衣

送鄭十二歸廬山

潯陽數畝宅歸臥掩柴關谷口何人在門前秋草

閑忘機賣藥罷不語杖藜還舊筍成寒竹空齋

向暮山水流過舍下雲去到人間桂樹花應發因

行寄一攀　忘機一作無機

長沙桓王墓下書事別張南史

長沙千載後春草獨萋萋流水朝還暮行人東

復西昔碑幾字缺山木萬株齊唯有年芳在

一本作佇立傷今古

相看偕解攜

登思禪寺上方

西峯上方處本集作上方出且暮臺殿隱曚曨曉磬秋山裏

清猿古木中衆溪連竹徑諸嶺共松風儻

許栖林下甘成白首翁

過隱公故房

自從飛錫去人到沃州稀林下期何在山中春

獨歸踏花尋舊逕暎竹樓空龕寒落東峯
上猶堪靜者依

送李中丞歸漢陽

流落征南將曾驅十萬師罷歸無別業老去
戀明時獨立三邊靜（邊靜本集作朝識）輕生一劍隨（隨本集作知）茫茫
漢江上日暮欲（欲本集作復）何之

靈一　　選四首

酬皇甫冉西陵見寄

西陵潮信滿島嶼没中流越客依風水相思南渡

頭寒光生極浦落日映滄洲何事揚帆去空驚海上鷗

溪行即事

近夜山更碧入林溪轉清不知伏牛事潭洞何從橫野岸烟初合平湖月未生孤舟屢失道但聽秋泉聲

重還宜豐寺

再過招隱寺重會息心期樵客問歸日山僧記別時野雲陰遠甸秋雨漲前陂勿謂頻來此吾今

不好奇

西霞山夜坐

山頭戒壇路幽睽雲巖側四面青石林一峯苔蘚色松風靜復起月影開還黑何獨乘夜來殊非畫所得

法振　　選二首

送人遊閩越

不須行借問為爾話閩中海島春寒雨江帆來去風道遊玄度宅身寄朗陵公此別何傷遠如今

閬塞導

疾愈寄友

衣樂暗成疾，臥中方月移。西山有清士，孤哭不可追。
搗藥樹林靜，汲泉陰澗遲。微踪無遽處，邀謝衆羊知。

晚怨　選四首

微雨

片雨拂簷楹，煩襟四座清。霏微過麥隴，蕭散傍莎城。
靜愛和花落，幽聞入竹聲。朝觀趣無限，高詠寄閑情。

題廢寺

武原羅亂後，真界積塵埃。殘月生秋水，悲風起古臺。居人今已盡，栖鴿暝還來。不到無生理，應堪賦七哀。

賦得啼猿送客

萬里巴山外，三聲月峽深。何年有此路，幾客共霑巾。斷臂分重影，流泉入苦吟。淒涼離別後，聞此更傷心。

思歸示友人

桐江秋信早，憶在故山時。靜風夜鳴磬，無人竹埽墀。猿來觸淨水，鳥下啄寒枝。何必閑吾事，歸心自有期。

清江　選二首

長安卧疾

身世足堪悲空房卧疾時卷簾花雨滴掃石竹陰移已
覺生如夢堪嗟壽不知未能通法性誰可見支離

宿嚴維宅簡章八元

雖期會不遠甲第即南鄰惠愛偏相及經過豈厭頻秋
光林葉動夕露月華新莫話羈棲事平原是主人

戴叔倫　字幼公潤州金壇人師蕭穎士為門人第一大曆間撫州刺史容管經略使　選七首

吳明府自遠而來留宿

出門逢故友衣服滿塵埃歲月不可問山川何處來綺城容

鄰宅藏識寄靈臺自此由君醉相歡淂幾迴

除夜宿石頭驛

旅館誰相問寒燈獨可親一年將盡夜萬里未歸人寥落悲前事支離笑此身愁顏与衰鬢明日又逢春

客夜與故人偶集

天秋月又滿城闕夜千重還作江南會翻疑夢裏逢風枝驚暗鵲露草覆寒蟲羈旅長堪醉相留畏曉鐘

送友人東歸

萬里楊柳色出關送故人輕烟拂流水落日照行塵

積夢江湖闊憶家兄弟貧徘徊灞亭上不語自傷春

别友人

擾擾倦行役相逢陳蔡間如何百年内不見一人閑對
酒惜餘景問程愁亂山秋風萬里道又出穆陵關

贈李山人

此意静無事閑門風景遲柳條将白髮相對共
垂絲

廣陵送趙主簿

将歸汾水上遠省錦城來已泛西江盡仍隨北鴈

迴暮雲征馬遠曉月故關閑漸向庭闈近留君醉一杯

右十二人詩四十八首

唐詩極玄下終

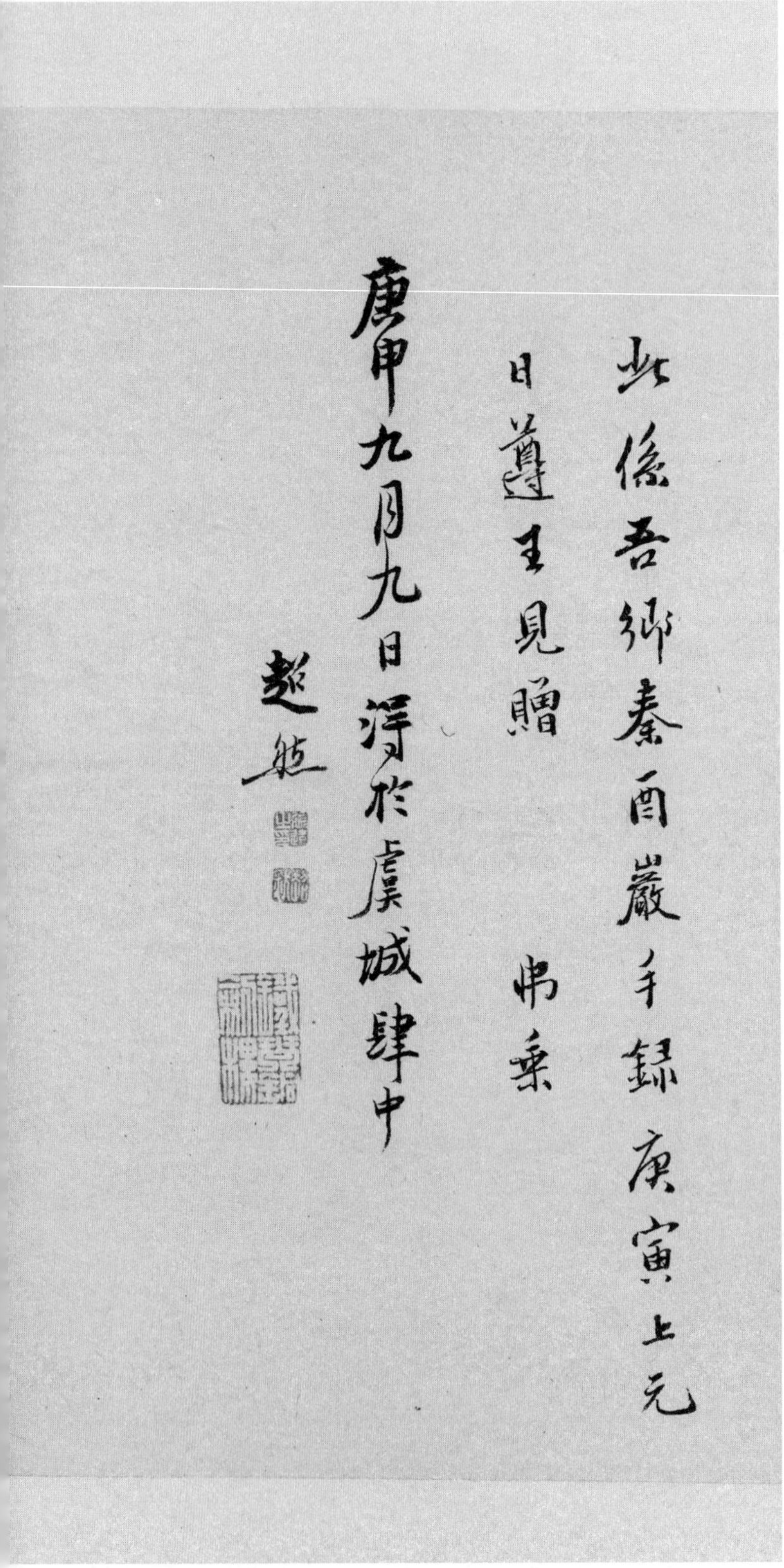
此係吾鄉秦酉巖手錄庚寅上元
日遵王見贈　弗棄
庚申九月九日得於虞城肆中
趙[illegible]

秘藏天書寶之寶

雪山主人

極玄集

國家圖書館藏明刻本

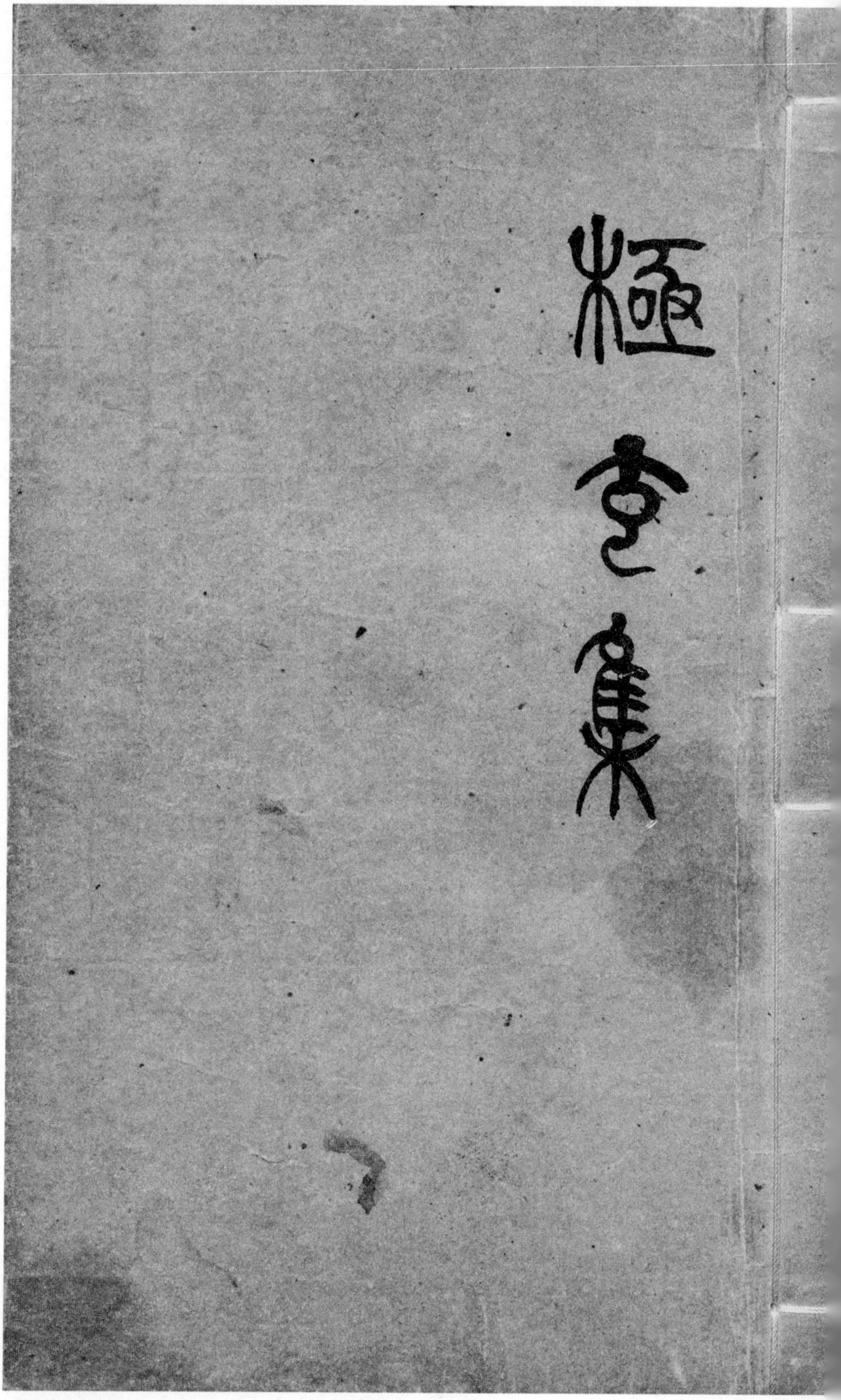
極玄集

瞿氏藏書志載何抄本，是書之最舊本也（愛日精廬志亦載，校詳）。然即從此出，先生元刊精稿白石詳點，尤其所未明。

極玄集二冊，邵亭知見傳本書目謂收景元刊本，即此冊也。右紙及書衣題字皆邵亭手跡，書中莫棠小印即其後裔。舉所藏書盡付郁估落帆鬻諸市上。宋永州刊柳州集殘本為沅叔所獲，予購景宋刊集古文韻、大藏青元刊滋溪文藁與此冊。此書獨完，餘皆殘圭斷璧耳。寒雲

極玄集二卷

此元刊絶精元本校訂
尤佳而傳世獨罕
持此校汲古閣刻之
唐人選唐詩頗多
是正洵善本也

丁巳春日雜興之一

百首選詩姚諫議千年爭誦極玄編握珠懷璧驚奇遘
珍重元朝蔣氏鐫

中和節後二日錄於百宋書藏　寒雲時年二十又八

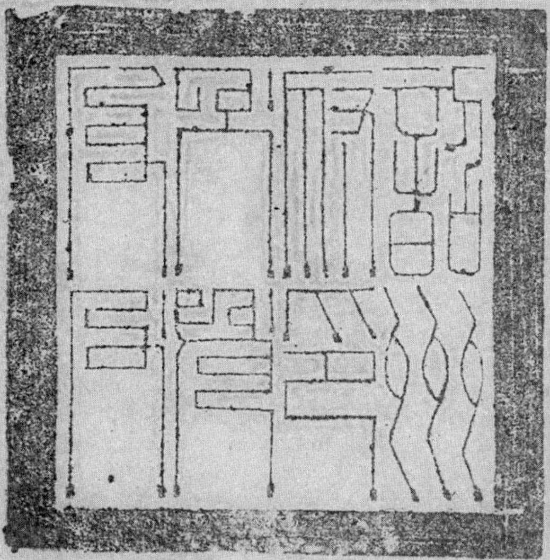

唐詩極玄集

唐諫議大夫姚合纂

宋白石先生姜夔點

上卷

右九人詩五十一首

下卷

韓翃四首　皇甫曾三首

李嘉祐一首　皇甫冉八首

朱放二首　嚴維四首

劉長卿七首　靈一四首

法振二首　皎然四首

清江二首　戴叔倫七首

右十二人詩四十八首

姚武功自題云此皆詩家射鵰手也合於衆集中更選其極玄者庶免後來之非凡廿一人共百首今校諸本皆闕一首

華亮章云唐人詩措辭妥帖用意精切或譏其卑下非也當以唐人觀之又云吾所不加點者亦非後世所能到

唐詩數千百家浩如淵海姚合以唐人選唐詩其識鑒精矣然所選僅若此何也蓋當是時以詩鳴者人有其集製作雖多鮮克全美譬

之握珠懷璧豈得悉無瑕纇者哉[illegible]功去取
之法嚴故其選精選之精故所取僅若此宋
初詩人猶宗唐自蘇黄一出唐法幾廢介甫
選唐百家亦惟據宋次道所有本耳又玄粹
苑世已稀睹況其他乎易嘗采唐人詩幾千
家萬有餘首睠此有愧萟閲作者之苦心悼
後世之无聞故凡一聯一句可傳誦者悉録
不遺亦不以人廢圍知博而寡要勞而無功
知我罪我一不敢計業欲并鋟諸梓而力有

未逮姑先此集與言詩者共亡之時重紀至元
之五年三月既望建陽蔣易題

唐詩極玄集

極玄集卷上　唐諫議大夫姚合選

王維　字摩詰河東人開元九年進士歷拾遺御史天寶末給事中肅宗旹尚書右丞

送晁監歸日本

積水不可極安知滄海東九州何處所萬里若乘空向國唯看日歸帆但信風鼇身映天黑魚眼射波紅鄉樹扶桑外主人孤島中別離方異域音信若爲通

送丘爲

憐君不得意況復柳條春爲客黃金盡還家白

髮新五湖三畝宅萬里一歸人知爾不能薦羞
稱獻納臣

觀獵

風勁角弓鳴將軍獵渭城草枯鷹眼疾雪盡馬
蹄輕忽過新豐市還歸細柳營迴看射鵰處千
里暮雲平

祖詠 開元十二年進士

留別盧象

朝來已握手宿別更傷心灞水行人渡商山驛

路深故情君且足謫宦我難任直道皆如此誰能淚滿襟

蘭峯贈張九臯

君王既巡狩輦路入秦京遠戍低蒼壘孤山出草城寒踈清禁漏夜警羽林兵誰念迷方客長懷魏闕情

蘇氏別業

別業居幽處到來生隱心南山當戶牖灃水在園林竹覆經冬雪庭昏未夕陰寥寥人境外閒

坐聽春禽

夕次圃田店

前路入鄭郊向經百餘里馬煩皆欲歇客歸程未已落日桑柘陰遥村煙火起西還不遑宿中夜渡京水

題韓少府水亭

梅福幽棲處佳期不忘還鳥啼當戶竹花繞傍池山水氣侵階冷藤陰覆座閑寧知武陵趣宛在市朝間

李端字　趙郡人大曆五年進士與盧綸
吉中孚韓翃錢起司空曙苗發崔洞耿
湋夏侯審唱和號十才子
歷校書郎終杭州司馬

贈苗員外

戟戶敞高扉青槐礙落暉八龍承慶重三虎遞朝歸坐竹人聲絕橫琴鳥語稀花慚潘岳貌年稱老萊衣葉暗新櫻熟絲長粉蝶飛應憐魯儒賤空與故山違

茂陵山行陪韋工部

宿雨朝來歇空山天氣清盤雲雙鶴下隔水一

蟬鳴古道黃花落平蕪赤燒生茂陵雖有病猶得伴君行

雲際中峯

自得中峯住深林亦閉關經秋無客到入夜有僧還暗澗泉聲小荒岡樹影閑高亭不可望星月滿空山本集岡作村亭作囱

蕪城懷古

風吹城上樹草没城邊路城裏月明時精靈自來去

耿湋 （湋）或作緯字□寶應二年進士官至左拾遺（湋）音爲

贈嚴維

許詢清論重寂寞住山陰野客投寒寺閑門當
古林海田秋熟早湖水夜漁深世上窮通理誰
能奈此心 （當）一作傍姜夔本作向本集（客）作路（投）作接

贈朗公

來自西天竺持經奉紫微年深梵語變行苦俗
人歸月上安禪久苔生出院稀梁間有馴鴿不
去爲無機

早朝

鐘鼓餘聲裏千官向紫微冐寒人語少乗月燭來稀清漏聞馳道紅霞映鑠闈猶看嘶馬處未啓掖垣扉（紅一作輕）

秋日

返照入閭巷憂來誰與語古道無人行秋風動禾黍

書情逢故人

因君知此事流浪已忘機客久多人識年高衆

病歸連雲湖色遠度雪雁聲稀又說家林盡淒
傷淚滿衣

沙上雁

衡陽多道里弱羽復哀音還塞知何日驚弦亂
此心夜陰前侶遠秋冷後湖深獨立汀沙意寧
知雪霰侵（本集雪作霜）

贈張將軍

寥落軍城暮重門返照間鼓鼙經雨暗士馬過
秋閑慣守臨邊郡曾營近海山關西舊業在夜

夜夢中還

詶暢當

同遊漆沮後已是十年餘幾度曾相夢何嘗定
得書月高城影盡霜重柳條踈且對尊中酒千
般想未如

盧綸字允言河東人天寶末舉進士不第大曆初王縉奏爲集賢學士終戶部郎中

領嶺南故人書

瘴海寄雙魚中宵達我居兩行燈下淚一紙嶺
南書地說炎蒸極人稱老病餘殷勤報賈誼莫

共酒杯蹤

題興善寺後池

隔窗栖白鳥似與鏡湖鄰月照何年樹花逢幾
世人岸莎青有路苔徑緑無塵願得容依止僧
中老此身（本集願得作永願）

山下古木

高林已蕭索夜雨復秋風墜葉鳴荒竹斜根擁
斷蓬半侵山影裏長在水聲中此地何人到雲
門路亦通

送李端

故關衰草徧，離別自堪悲。路出寒雲外，人歸暮雪旹。少孤爲客早，多難識君遲。掩淚空相向，風塵何所期。

司空曙　字文明，廣平人。舉進士，貞元中水部郎中，終虞部郎中。

耿湋就宿因傷故人

舊旹聞笛淚，此夜重霑衣。方恨同懷少，那堪相見稀。竹煙凝澗壑，林雪似芳菲。多謝勞車馬，應憐獨掩扉。那一作何

顛係傾字之訛

興善寺後池

鳥似與鏡湖鄰月照何年樹花逢幾
世人岸莎青有路苔徑綠無塵顧得容依止僧
中老此身本集顧得作永顛

山下古木

高林已蕭索夜雨復秋風墜葉鳴荒竹斜根擁
斷蓬半侵山影裏長在水聲中此地何人到雲
門路亦適

送李端

故關衰草徧離別自堪悲路出寒雲外人歸暮雪旹少孤爲客早多難識君遲掩淚空相向風塵何所期

司空曙 字文明廣平人舉進士貞元中水部郎中終虞部郎中

耿湋就宿因傷故人

舊旹聞笛淚此夜重霑衣方恨同懷少那堪相見稀竹煙凝澗竇林雪似芳菲多謝勞車馬應憐獨掩扉 那一作何

經癈寶慶寺

黃葉前朝寺無僧寒殿開池晴龜出曝松暝鶴飛回古砌碑橫草陰廊畫雜苔禪宮亦消歇塵世轉堪哀

春日野望寄錢員外

草長花落樹羸病強尋春無復少年意空餘白髮新青原晴見水白社靜逢人寄語南宮客軒車不可親（白一作華）

喜外弟盧綸見宿

靜夜無四鄰荒居舊業貧雨中黃葉樹燈下白頭人以我獨沉久愧君相見頻平生自有分況是蔡家親

送王閏

相送臨寒水蒼茫望故關江蕪連夢澤楚雪入商山話我他年舊看君此日還因將自悲淚一洒別離顔（顔集作間）

新蟬

今朝蟬忽鳴遷客若爲情漸覺一年謝能令萬

感生微風初滿樹落日稍沉城爲閒同懷者淒
涼聽幾聲本集漸作便翻作老

望水

高樓晴見水楚客靄相和野極空如練天遙不
辨波永無人跡到昔有鳥行過況是蒼茫外殘
陽照最多

哭麴象

憶昔秋風起君曾歎逐臣何言芳草日自作九
原人

錢起 字仲文吳興人天寶十載進士歷校書郎終尚書郎太清宮使

送僧歸日東

上國隨緣住東途若夢行浮雲滄海遠去世法舟輕水月通禪觀魚龍聽梵聲唯憐惠燈影萬里眼中明

送僧自吳遊蜀

隨緣忽西去何日返東林世路無期別空門不住心人煙一飯少山雪獨行深天外猿聲夜誰聞清梵音本集（無期）作盜嗟（不住）作久息（夜）作处

送張管書記

邊事多勞役儒衣逐鼓鼙日寒關樹外峰盡塞雲西河廣逢難度天遥雁漸低班超封定遠之子去思齊

送征雁

秋空萬里静嘹唳獨南征風急翻霜冷雲開見月驚塞長憐去翼影滅有餘聲悵望遥天外鄉愁滿目生

寄郎士元

龍節知無事江城不掩扉詩傳過客遠書到故人稀坐嘯看潮起行春送雁歸望舒三五夜思盡謝玄暉

宿洞口館 或作耿湋詩

野竹通溪冷秋蟬入戶鳴亂來人不到寒草上階生 本集蟬作泉寒作芳

裴迪書齋望月

夜來詩酒興獨上謝公樓影閑重門靜寒生獨樹秋鵲驚隨葉散螢遠入煙流今夕遙天末清

輝幾處愁本集獨上作月满鸎作鶴

送彈琴李長史赴洪州

抱琴爲傲吏孤棹復南征幾度秋江水皆添白髮聲佳期來客夢幽思緩王程佐牧無勞問心和政自平

郎士元字君冑天寶十五年進士與錢起齊名歷拾遺終郢州刺史

送彭將軍集作送李將軍赴定州

雙旌漢飛將萬里授横戈春色臨關盡黃雲出塞多鼓鼙悲絕漢烽戍隔長河莫斷陰山路天

騎已請和本集〔關〕作邊〔戍〕作火第七句作想到山陰北

送孫顏

悠然富春客憶與暮潮歸擢第人多羨如君獨步稀亂流江渡淺遠色海山微若訪新安路嚴陵有釣磯

贈張南史

雨餘深巷靜獨酌送殘春車馬雖嫌僻鶯花不棄貧蟲聲黏戶網鼠迹暎牀塵聞道山陽會如今有幾人本集〔闕〕道作借問

宿杜判官江樓

適楚豈吾願思歸秋向深故人江樓月永夜千
里心落葉覺鄉夢鳥啼驚越吟寥寥更何有斷
續空城砧

送楊中丞和番

錦車登隴日邊草正萋萋舊好尋君長新愁聽
鼓鼙河源飛鳥外雪嶺大荒西漢壘今猶在遥
知路不迷

送長沙韋明府之任

秋入長沙縣蕭條旅宦心煙波連桂水官舍映
楓林雲日楚天暮汀沙白露深遥知訟堂裏嘉
政在鳴琴

送奚賈歸吴

東南富春渚曾是謝公遊今日奚生去新安江
正秋水容清過客楓葉落行舟遥想青亭下聞
猿應夜愁本集（水容清）作水清迎（楓）作霜（落）作伴（青）作赤

送友人别集作盩厔縣鄭礒宅送錢大

暮蟬不可聽落葉豈堪聞共是悲秋客那知此

路分荒城背流水遠雁入寒雲陶令門前菊餘
花可贈君

暢當 字[illegible]河東人進士及第貞元初太常博士終果州刺史

宿潭上

夜潭有仙舸與月當水中嘉賓愛明月遊子驚
秋風

青蒲野陂水白露明月天中夜秋風起心事坐
潸然

别盧綸

故交君獨在又欲與君離我有新秋淚非關宋玉悲

極玄集卷上

極玄集卷下

韓翃字君平南陽人天寶十三載進士以寒食詩受知德宗官至中書舍人

少年行

千點斕斒噴玉驄青絲結尾繡纏鬃鳴鞭曉出銅臺路葉葉春衣楊柳風本集噴玉作玉勒曉作晚銅作章

羽林

驄馬牽來御柳中鳴鞭欲向渭橋東紅蹄亂踏春城雪花頷驕嘶上苑風本集驄作駿

題薦福衡岳禪師房

春城乞食還高論此中閑僧臘階前樹禪心江
上山跡簾看雪卷深戶映花關晚送門人去鐘
聲杳靄間本集樹作草因作出

送孫草及第歸本集作送李秀才歸江南

過淮芳草歇千里又東歸野水吳山出家林越
鳥飛荷香隨去棹梅雨點行衣無數滄洲客如
君達者稀本集達作村洲作江

皇甫曾字孝常丹陽人天寶十二載進士官歷監察御史與兄冉齊名一旹

尋劉處士

幾年人不見林下掩柴關留客當清夜逢君話
舊山隔城寒杵急帶月早鴻還南陌雖相近其
如隱者閒

哭陸處士

從此無期見柴扉帶雪關二毛逢世難萬恨掩
泉臺返照空堂夕孤城弔客迴漢家偏訪道獨
畏鶴書來本集扉帶作門對

送人作使歸本集作送李中丞歸本道

上將還專席雙旌復出秦關河三晉路賓從五

原人張戍雲連海平沙雪度春酬恩看玉劍何
處有烟塵本集（還尊塵）作宜分間（出）作去居聯作偈石山通海滹沱雪度春

李嘉祐字從一袁州人天寶七載進士大曆中袁州刺史

和苗員外秋夜省直

久雨南宮夜仙郎寓直晉漏長丹鳳闕秋老白
雲司螢影侵階亂鴻聲出苑遲蕭條人吏散小
謝有新詩本集（又）作多（寓）作上（老）作吟

皇甫冉字茂政丹陽人天寶十五載進士大曆中為左補闕

送韓司直此詩今亦見皇甫曾集又見郎士元集又見劉長卿集

逃吳還適越來往任風波復送王孫去其如春草何山明殘雪在湖滿夕陽多李子留遺廟停舟試一過本集山作岸湖作潮

宿嚴維宅

昔聞玄度宅門向會稽峰君住東湖下清風繼舊蹤初秋臨水月半夜隔山鐘世路多離別良宵詎可逢本集路作故

途中送權曙二兄

淮海風濤起江關憂思長同悲鵲繞樹獨作雁

隨陽山晚雲和雪汀寒月照霜由來濯纓処漁
父愛滄浪

西陵寄一公 此詩又見皇甫曾集

西陵遇風處自古是通津終日空江上雲山若
待人汀沙寒事早魚鳥興同新南望山陰路吾
心有所親 本集沙作洲同作情吾心作心中

九日寄鄭愕 本集愕作豐

重陽秋已晚千里信仍稀何處登高望知君正
憶歸還當采菊應未授寒衣欲識離居恨郊

壓晝掩扉本集晝作正

酬崔侍郎期籍道士不至見寄

一心求妙道幾歲候眞師丹竈今何處白雲無定期崑崙煙景絕汗漫往來遲君但焚香待人間到有時本集烟作在烟景作景致來作還

巫山高本集高作峽

巫峽見巴東迢迢出半空雲藏神女館雨到楚王宮朝莫泉聲落寒暄樹色同清猿不可聽偏在九秋中

送元盛歸潛山

深山秋事早君去復何如裛露收新稼迎寒葺舊廬題詩即招隱作賦是閒居別後空相憶嵇康懶寄書

朱放 字長通襄州人隱居剡溪貞元初召拜拾遺不就

送張山人歸

知君住處足風煙古樹荒村在眼前便欲移家逐君去唯愁未有買山錢一本作寺

送著公歸越

誰能愁此別到越會相逢長憶雲門寺門前千萬峰石牀埋積雪山路倒枯松莫學白道士無人知去蹤

嚴維字正文山陰人至德二載進士歷諸暨及河南尉終校書郎

送薛尚書入朝

卑情不敢論拜手立轅門列郡諸侯長登朝八座尊凝笳臨水發行旆向風翻幾許遺民泣同懷父母恩本集民作黎一本敵作何

題吳七公院新泉

山下新泉出泠泠北法源落池才有響濺石未成痕獨映孤松色殊分衆鳥喧唯當清夜月觀此啓禪門本集作賔

哭靈一上人

一公何不住空有遠公名共説岑山路今嵩莫可行舊房松更老新塔草初生經論傳緇侶文章徧墨卿本集下更有四句云禪林枝幹折法宇棟梁傾誰復修僧史應知傳已成

自雲陽歸晚泊陸澧宅

雪天行易晚前路故人居孤棹所思久寒林相

見初閑燈忘夜永清漏任更餘明後還須去辭家歲欲除本集(雪天)作天陰(寒林)作冒寒(餘)作踈(歲欲)作幾歲

劉長卿字文房宣城人開元廿一年進士歷監察御史終隨州刺史

過張明府別業

寥寥東郭外白首一先生考滿孤琴在家移五柳成夕陽臨水釣春雨向田畊終日空林下何人識此情本集(考滿)作解印(家移)作移家

餘干旅舍

摇落暮天迥青楓霜葉稀孤城向水閉獨鳥背

入飛渡口月初上鄰家漁未歸鄉心正欲絕何
處擣寒衣

送鄭十二歸廬山

潯陽數畝宅歸臥掩柴關谷口何人在門前秋
草閒忘機賣藥罷不語杖藜還舊筍成寒竹空
齋向暮山水流過舍下雲去到人間桂樹花應
發因行寄一攀（忘一本作无）

長沙桓王墓下書事別張南史

長沙千載後春草獨萋萋流水朝還暮行人東

復西菩碑幾字滅山木萬株齊唯有年芳在相看惜解攜唯有年芳在一本作佇立傷今古

登思禪寺上方

西峰上方処臺殿隱曚曨曉磬秋山裏清猿古木中衆溪連竹徑諸嶺共松風倘許栖林下甘成白首翁本集西峯上方処作上方幽且暮

過隱公故房

自從飛錫去人到沃州稀林下期何在山中春獨歸踏花尋舊徑映竹掩空扉寥落東峰上猶

堪靜者依

送李中丞歸漢陽

流落征南將曾駈十萬師罷歸無別業老去戀明時獨立三邊靜輕生一劍隨茫茫漢江上日暮欲何之本集邊靜作朝識隨作知欲作復

靈一

酬皇甫冉西陵見寄

西陵潮信滿島嶼汎中流越客依風水相思南渡頭寒光生極浦落日映滄洲何事揚帆去空

鷺海上鷗

溪行即事

近夜山更碧入林溪轉清不知伏牛事潭洞何從横曲岸煙初合平湖月未生孤舟屢失道但聽秋泉聲

重還宜豐寺

再過招隱寺重會息心期樵客問歸日山僧記別嘗野雲陰遠劒秋雨漲前陂勿謂頻來此吾今不可奇

西霞山夜坐

山頭戒壇路幽映雲岳側四面青石牀一峰碆蘚色松風靜復起月影閑還黑何獨乘夜來殊非畫所得

法振

送人遊閩越

不須行借問爲爾話閩中海島春寒雨江帆來去風道遊玄度宅身寄朗陵公此别何傷遠如今關塞通

疾愈寄友

哀樂暗戚疾臥中方月移西山有清士孤笑不可追擣藥樹林靜汲泉陰澗遲微蹤與麋鹿遠謝求羊知

皎然

微雨

片雨拂簷楹煩襟四座清霏微過麥隴蕭散傍莎城靜愛和花落幽聞入竹聲朝觀趣無限高詠寄閒情

題廢寺

武原羅亂後眞界積塵埃殘月生秋水悲風起古臺居人今已盡栖鴿暝還來不到無生理應堪賦七哀

賦得啼猿送客

萬里巴山外三聲月峽深何年有此路幾客共霑巾斷臂分重影流泉入苦吟凄凉離別後聞此更傷心

思歸示友人

桐江秋信早憶在故山旹靜夜風鳴磬無人竹
掃墀猿來觸淨水鳥下啄寒枝何必關吾事歸
心自有期

清江

長安臥疾

身世足堪悲空房臥疾旹卷簾花雨滴掃石竹
陰移已覺生如夢堪嗟壽不知未能通法性詎
可見支離

宿嚴維宅簡章八元

佳期曾不遠甲第郎南鄰惠愛偏相及經過豈厭頻秋光林葉動夕露月華新莫話羈栖事平原是主人

戴叔倫字幼公潤州金壇人師蕭穎士爲門人冠大曆間撫州刺史容管經畧使

吳明府自遠而來留宿

出門逢故友衣服滿塵埃歲月不可問山川何處來綺城容弊宅散職寄靈臺自此留君醉相歡得幾迴

除夜宿石頭驛

旅館誰相問寒燈獨可親一年將盡夜萬里未
歸人寥落悲前事支離笑此身愁顏與衰鬢明
日又逢春

客夜與故人偶集

天秋月又滿城闕夜千重還作江南會翻疑夢
裏逢風枝驚暗鵲露草覆寒蛩羈旅長堪醉相
留畏曉鐘

送友人東歸

萬里楊柳色出關送故人輕煙拂流水落日照

行歷積夢江湖闊憶家兄弟徘徊灞亭上不語自傷春

別友人

擾擾倦行役相逢陳蔡間如何百年内不見一人閒對酒惜餘景問程愁亂山秋風萬里道又出穆陵關

贈李山人

此意靜無事閉門風景遲柳條將白髪相對共垂絲

廣陵送趙主簿

將歸汾水上遠省錦城來已泛西江盡仍隨北雁迴暮雲征馬速曉月故關開漸向庭闈近留君醉一杯

壬午四月鄰蘇老人觀于滬上

極玄集卷下終

取向藏明初活字本唐人小集覆校一過舉其異同如下 二月二十六日寒雲

王維 送晁監歸日本（作送秘書晁監還日本國） 九州何處所（所作遠） 鼇身映天黑（鼇作鰲）

送丘爲（下有落第）歸江東 羞稱獻納臣（稱作爲）

祖詠 蘭峯贈張九皐（作扈從御宿池） 君王既巡狩（巡作出） 遠戍依蒼壘（戍作樹 蒼作檜） 孤山出草城（出草作入幔）

豐水在園林（豐作灃 在作映）

夕次圖田居（無圖字） 前路入鄭郊（路作程） 馬煩時欲歇（煩作頹） 逢村埋火起（村作林） 中夜渡京水（京作涇）

藤陰覆座閤（藤作棘 閤作閣）

戊午歲暮假與汲古閣刻本點校一過

華陽高巽題記

極玄集

清華大學圖書館藏萬曆張世才刻《唐詩六集》本

姚武功極玄集

廿一年九月
辛農

極玄集序

姚武功自題云此皆詩家射鵰手也合於衆集中更選其極玄者庶免後來之非凡廿一人共百首今校諸本皆闕一首

唐詩數千百家浩如淵海姚合以唐人選唐詩其識鑒精矣然所選僅若此何也蓋當是時以詩鳴者人有其集製作雖多鮮克全美譬之握珠懷璧豈得悉無瑕纇者哉武功去取之法嚴故其選精選之精故所取僅若此宋初詩人猶宗唐自蘇黃一

出唐法幾廢介甫選唐百家亦惟據宋次道所有本耳又玄粹苑世已稀睹況其他乎易嘗采唐人詩幾千家萬有餘首睎此有愧蓋閔作者之苦心悼後世之無聞故凡一聯一句可傳誦者悉錄不遺亦不以人廢固知博而寡要勞而無功知我罪我一不敢計業欲并鋟諸梓而力有未逮姑先此集與言詩者共之時重紀至元之五年三月既望

建陽蔣易題

極玄集目録

卷上

郎士元八首
暢當三首
凡九人詩五十一首
卷下
韓翃四首
皇甫曾三首
李嘉祐一首
皇甫冉八首
朱放二首

嚴維四首
劉長卿七首
靈一四首
法振二首
皎然四首
清江二首
戴叔倫七首
凡十二人詩四十八首

極玄集目錄畢

極玄集卷上

唐進士武功姚合編集

明淮陰張世和介夫校

王維字摩詰，河東人。開元九年進士。歷拾遺、御史、天寶末給事中、肅宗時尚書右丞。

送秘書晁監歸日本

積水不可極，安知滄海東。九州何處所，一作遠萬里若乘空。向國惟看日，歸帆但信風。鼇身映天黑，魚眼射波紅。鄉樹扶桑外，主人孤島中。別離方異域，音信若爲通。

送丘爲落第歸江東

憐君不得意況復柳條春爲客黃金盡還家白髮新五湖三畝宅萬里一歸人知爾不能薦羞稱獻納臣

觀獵

風勁角弓鳴將軍獵渭城草枯鷹眼疾雪盡馬蹄輕忽過新豐市還歸細柳營迴看射鵰處千里暮雲平

祖詠 洛陽人開元十三年進士張說引爲駕部員外郎

留別盧象

朝來已握手宿別更傷心灞水行人渡商山驛路深

故情君且足謫官我難任直道皆如此誰能淚滿襟

蘭峰贈張九皐（本集作扈從御宿池）

君王既巡狩輦路入秦京遠樹低蒼（一作槍）壘孤山出草（一作幔）城寒蹕清禁漏夜警羽林兵誰念迷方客長懷魏闕情

蘇氏別業

別業居幽處到來生隱心南山當戶牖灃水在園林竹覆經冬雪庭昏未夕陰寥寥人境外閑坐聽春禽

夕次圃田店

前路入鄭郊尚經百餘里馬煩時欲歇客歸程未已
落日桑柘陰遥村煙火起西還不遑宿中夜渡涇水

題韓少府水亭

榜福幽棲處佳期不忘還鳥啼當戶竹花繞傍池山
水氣侵階冷藤陰覆座閑寧知武陵趣宛在市朝間

李端 趙郡人大曆五年進士與盧綸吉中孚韓翃錢起司空曙苗發崔峒耿湋夏侯審唱和號十才子歷校書郎終杭州司馬

贈苗員外

朱戶敞高扉青槐礙落暉八龍承慶重三虎遍朝歸

坐竹人聲絶，横琴鳥語稀。花慙潘岳貌，年稱老萊衣。
葉暗新櫻熟，絲長粉蝶飛。應憐魯儒賤，空與故山違。

茂陵山行陪韋金部

宿雨朝來歇，空山天氣清。盤雲雙鶴下，隔水一蟬鳴。
古道黄花落，平蕪赤燒生。茂陵雖有病，猶得伴君行。

雲際中峰

自得中峰住，深林亦閉關。經秋無客到，入夜有僧還。
暗澗泉聲小，荒岡樹影閑。高亭不可望，星月滿空山。

蕪城懷古

風吹城上樹草沒城邊路城裏月明時精靈自來去

耿湋 河東人寶應二年進士官至左拾遺

贈嚴維

許詢清論重寂寞住山陰野客投一作路接寒寺閑門當一作傍古林海田秋熟早湖水夜漁深世上窮通理誰能奈此心

贈朗公

來自西天竺持經奉紫微年深梵語變行苦俗流歸月上安禪久苔生出院稀梁間有馴鴿不去為無機

早朝

鐘鼓餘聲裏千官向紫微冐寒人語少乘月燭來稀
清漏聞馳道輕霞映鏁闈猶看嘶馬處未啟掖垣扉

秋日

返照入閭巷憂來誰與語古道無人行秋風動禾黍

書情逢故人

因君知此事流淚已忘機客久多人識年高衆病歸
連雲湖色遠度雪雁聲稀又説家林盡悽傷淚滿衣

沙上雁

衡陽多道里弱羽復哀音還塞知何日驚弦亂此心

夜陰前侶遠秋冷後湖深獨立沙汀意寧知雪一作霜霰侵

贈張將軍

寥落軍城暮重門返照間鼓鼙經雨暗士馬過秋閑慣守臨邊郡曾營近海山關西舊業在夜夜夢中還

詶暢當

同遊漆沮後已是十年餘幾度曾相夢何時定得書月高城影盡霜重柝條踈且對尊中酒千般想未如

盧綸字允言河中人天寶末舉進士不第大歷初王縉奏爲集賢學士終戶部郎中

領嶺南故人書本集作夜中得循州趙司馬侍御書因寄囘使

瘴海寄雙魚中宵達我居兩行燈下淚一紙嶺南書地說炎蒸極人稱老病餘殷勤報賈誼莫共酒杯疎

題興善寺後池

隔窗栖白鳥似與鏡湖鄰月照何年樹花逢幾世人岸莎青有路苔徑綠無塵願得一作永願容依止僧中老此身

山中詠古木

高林巳蕭索夜雨復秋風墜葉鳴荒竹斜根擁斷蓬半侵山影裏長在水聲中此地何人到雲門路亦通

送李端

故關衰草徧離別自堪悲路出寒雲外人歸暮雪時少孤爲客早多難識君遲掩淚空相向風塵何所期

司空曙 字文明廣平人舉進士貞元中爲水部郎中終虞部郎中

冬夜耿湋就宿因傷故人

舊時聞笛淚此夜重沾衣方恨同懷少那堪相見稀竹煙疑澗壑林雪似芳菲多謝勞車馬應憐獨掩扉

經廢寶慶寺

黃葉前朝寺無僧寒殿開池晴龜出曝松暝鶴飛回古砌碑横草陰廊畫雜苔禪宮亦銷歇塵世轉堪哀

春日野望寄錢員外

草長花滿樹羸病强尋春無復少年意空餘白一作華髮身青原晴見水白社靜逢人寄語南宮客軒車不可親

喜外弟盧綸見宿

靜夜無四鄰荒居舊業貧雨中黃葉樹燈下白頭人

以我獨淪久，愧君相見頻。平生自有分，況是蔡（一作霍）家親。

送王潤

相送臨寒水，蒼茫望故關。江蕪連夢澤，楚雪入商山。話我他年舊，看君此日還。因將自悲淚，一灑別離顏。（一作間）

新蟬

今朝蟬忽鳴，遷客若爲情。漸（一作便）覺一年謝（一作老），能令萬感生。微風方滿樹，落日稍淪城。爲問同懷者，淒

涼聽幾聲

望水

高樓晴見水楚色靄相和野極空如練一作雲天遥不辨波永無人跡到獨有鳥行過況是蒼茫外殘陽照最多

哭麴象

憶昔秋風起君曾歎逐臣何言芳草日自作九原人

錢起字仲文吳興人天寳十載進士歷秘書郎終尚書郎太淸宫使

送僧歸日本

上國隨緣任，來途若夢行。浮天滄海遠，去世法舟輕。
水月通禪觀，魚龍聽梵聲。惟憐惠燈影，萬里眼中明。

送僧自吳遊蜀（本集作送少微師西行）

隨緣忽西去，何日返東林。世路無期（一作寧嗟）別，空門不住（一作久息）心。人煙一飯少，山雪獨行深。天外猿聲夜（一作啼處），誰聞清梵音。

送張管書記

邊事多勞役，儒衣逐鼓鼙。日寒關樹外，峰盡塞雲西。
河廣蓬難度，天遙雁漸低。班超封定遠，之子去思齊。

送征雁

秋空萬里靜嘹唳獨南征風急翻霜冷雲開見月驚塞長憐去翼影滅有餘聲悵望遥天外鄉愁滿目生

寄郢州郎士元

龍節知無事江城不掩扉詩傳過客遠書到故人稀坐嘯看潮起行春送雁歸望舒三五夜思盡謝玄暉

宿洞口館 或作耿湋詩

野竹通溪冷秋蟬入戶鳴亂來人不到寒草上階生

裴迪書齋望月

夜來詩酒興獨上（一作月滿）謝公樓影閉重門靜寒生獨樹秋鵲驚隨葉散螢遠入煙流今夕逢天末清輝（一作光）幾處愁

送彈琴李長史赴洪州

抱琴爲傲吏孤棹復南征幾度秋江水皆添白雪聲佳期來客夢幽思緩王程佐牧無勞問心和政自平

郎士元（字君冑中山人天寶十五載進士與錢起齊名歷右拾遺終郢州刺史）

送彭將軍（本集作送李將軍赴定州）

雙旌漢飛將萬里獨橫戈春色臨關（一作邊）盡黃雲出

塞冬鼓鼙悲絕漠烽戍（一作火）隔長河莫斷陰山路（一作想到山陰北）天驕已請和

送孫顧

悠然富春客憶與暮潮歸擢第人多羨如君獨步稀亂流江渡淺遠色海山微若訪新安路嚴陵有釣磯

贈張南史

雨餘深巷靜獨酌送殘春車馬雖嫌僻鶯花不厭貧蟲聲黏戶網鼠迹印牀塵閭道（一作借問）山陽會如今有幾人

宿杜判官江樓

適楚豈吾願思歸秋向深故人江樓月永夜千里心葉落攬鄉夢烏啼驚越吟寥寥更何有斷續空城砧

送楊中丞和番

錦車登隴日邊草正萋萋舊好尋君長新愁聽鼓鼙河源飛鳥外雪嶺大荒西漢壘今猶在遙知路不迷

送長沙韋明府之任

秋入長沙縣蕭條旅宦心煙波連桂水官舍映楓林雲日楚天暮沙汀白鷺深遙知訟堂裏嘉政在鳴琴

送奚賈歸吳

東南富春渚，曾是謝公遊。今日奚生去，新安江正秋。水容清一作水清迎過客，楓葉落一作霜葉伴行舟。遥想赤亭下，聞猿應夜愁。

送友人別本集作盩屋縣鄭礒宅送錢大

暮蟬不可聽，落葉豈堪聞。共是悲秋客，那知此路分。荒城背流水，遠雁入寒雲。陶令門前一作東籬菊，餘花可贈君。

暢當河東人進士及第貞元初爲太常博士終果州刺史

宿潭上二首

夜潭有仙舸，與月當水中。嘉賓愛明月，遊子驚秋風。

其二

青蒲野陂水，白露明月天。中夜秋風起，心事坐潸然。

別盧綸

故交君獨在，又欲與君離。我有新秋(一作愁)淚，非關宋玉(一作秋氣)悲。

極玄集卷上　終

極玄集卷下

唐進士武功姚合編集
明淮陰張世和介夫校

韓翃字君平南陽人天寶十三載進士以寒食詩受知德宗官至中書舍人

少年行

千點斕斒噴玉驄青絲結尾繡纏騣鳴鞭曉出銅臺
路葉葉春衣楊柳風

羽林

驄馬牽來御柳中鳴鞭欲向渭橋東紅蹄亂踏春城

雪花領騎嘶上苑風

題薦福寺衡岳禪師房

春城乞食還高論此中閑僧臘階前樹禪心江上山疎簾看雪捲深戶映花關晚送門人去（一作出）鐘聲杳靄間

送孫革及第歸（本集作送李秀才歸江南）

過淮芳草歇千里又東歸野水吳山出家林越鳥飛荷香隨去棹梅雨點行衣無數滄洲客如君達者稀

皇甫曾（字孝常丹陽人天寶十二載進士官歷監察御史與兄冉齊名一時）

尋劉處士

幾年人不見林下掩紫關留客當清夜逢君話舊山
隔城寒杵急帶月早鴻還南陌雖相近其如隱者閑

哭陸處士

從此無期見柴扉帶一作門對雪開二毛逢世難萬恨掩
泉臺返照空堂夕孤城吊客迴漢家偏訪道獨畏鶴
書來

送人作使歸本集作送李中丞歸本道

上將還專席一作宜分閫雙旌復出一作去秦關河三晉路

賓從五原人孤戍雲連海平沙雪度春酬恩看玉劍

何處有煙塵

李嘉祐

字從一袁州人天寶七載進士大歷中爲泉州刺史

和苗員外秋夜省直對雨簡諸知巳

久雨南宮夜仙郎寓（一作上）直時漏長丹鳳闕秋老（一作冷）白雲司螢影侵堦亂鴻聲出苑遲蕭條人吏散小謝有新詩

皇甫冉

字茂政丹陽人天寶十五載進士大曆中爲左補闕

送韓司直

此詩重見皇甫曾集郎士元集劉長卿集

遊吳還適越，來往任風波。復送王孫去，其如春（一作芳）草何。山（一作岸）明殘雪在，湖（一作潮）滿夕陽多。季子留遺廟，停舟試一過。

秋夜宿嚴維宅

昔聞玄度宅，門向會稽峰。君住東湖下，清風繼舊蹤。初秋臨水月，半夜隔山鐘。世路（一作故）多離別，良宵詎可逢。

途中送權曙二兄

淮海風濤起，江關憂思長。同悲鵲繞樹，獨作雁隨陽。

山晚雲和雪汀寒月映霜由來濯纓處漁父愛滄浪

西陵寄一公此篇又見皇甫曾集

西陵遇風處自古是通津終日空江上雲山若待人

汀沙一作洲寒事早魚鳥與同一作情新南望山陰路吾

心有所親

九日寄鄭愕

重陽秋巳晚千里信仍稀何處登高望知君正憶歸

還當采時菊應未授寒衣欲識離居恨郊園晝掩扉

酬崔侍郎期蘇道士不至見寄

一心求妙道幾歲候眞師丹竈今何處白雲無定期
崑崙煙景絕汗漫往來遲君但焚香待人間到有時

巫山高

巫峽見巴東迢迢出半空雲藏神女館雨到楚王宮
朝暮泉聲落寒暄曙色同淸猿不可聽偏在九秋中

送元晟歸於潛山所居

深山秋事早君去復何如裛露收新稼迎寒葺舊廬
題詩即招隱作賦是閑居別後空相憶嵇康懶寄書

朱放字長通襄州人隱居剡溪貞元初召拜拾遺不就

送張山人歸

知君任處足風煙，古樹荒村在眼前。便欲移家逐君去，惟愁未有買山錢。

送著公歸越

誰能愁此別，到越會相逢。長憶雲門寺，門前千萬峰。石牀埋積雪，山路倒枯松。莫學白衣士，無人知去蹤。

嚴維字文正，山陰人。至德二載進士，歷諸暨及河南尉，終校書郎。

送薛尚書入朝

卑情不敢一作可論，拜手立轅門。列郡諸侯長，登朝八

座尊凝笳臨水發行旆向風翻幾許遺民一作黎泣同
懷父母恩

題一公院新泉

山下新泉出泠泠北法源落池才有響濺石未成痕
獨映孤松色殊分衆鳥喧惟當清夜月觀此啓禪門

哭靈一上人

一公何不住空有遠公名共説岑山路今時莫可行
舊房松更老新塔草初生經論傳緇侶文章徧墨卿
本集下更有四句云禪林枝幹折法
宇棟梁傾誰復修僧史應知傳已成

自雲陽歸晚泊陸澧宅

雪天行易晚，前路故人居。孤棹所思久，寒林（一作月寒）相見初。閑燈忘夜永，清漏任更餘（一作疎）。明發還須去，離家歲欲（一作幾歲）除。

劉長卿（字文房，宣城人。開元廿一年進士，歷監察御史，終隨州刺史）

過張明府别業

寥寥東郭外，白首一先生。老滿（一作解印）孤琴在，家移（一作移家）五柳成。夕陽臨水釣，春雨向田耕。終日空林下，何人識此情。

餘干旅舍

搖落暮天迥青楓霜葉稀孤城向水閉獨鳥背人飛渡口月初上鄰家漁未歸鄉心正欲絕何處擣寒衣

送鄭十二歸廬山

潯陽數畝宅歸臥掩柴關谷口何人在門前秋草閑忘機賣藥罷不語杖藜還舊筍成寒竹空齋向暮山水流過（一作經）舍下雲去到人間桂樹花應發因行寄一攀

長沙桓王墓下書事別張南史

長沙千載後，春草獨萋萋。流水朝還暮，行人東復西。苔碑幾字滅，山木萬株齊。惟有年芳在，（一作佇立傷今古）相看惜解攜。

登思禪寺上方

西峰上方處，（一作上方幽且暮）臺殿隱蒙籠。遠磬秋山裏，清猿古木中。衆溪連竹徑，諸嶺共松風。儻許栖林下，甘成白首翁。

過隱公故居

自從飛錫去，人到沃州稀。林下期何在，山中春獨歸。

踏花尋舊徑映竹掩空扉寥落東峰上猶堪靜者依

送李中丞歸漢陽

流落征南將曾驅十萬師罷歸無舊業老去戀明時獨立三邊靜輕生一劍隨茫茫漢江上日暮欲何之

靈一　道人越中雲門寺律師能詩爲時所重

酬皇甫冉西陵見寄

西陵潮信滿島嶼没中流越客依風水相思南渡頭寒光生極浦落日映滄洲何事揚帆去空驚海上鷗

溪行卽事

近夜山更碧入林溪轉清不知伏牛事潭洞何從橫
曲岸煙初合平湖月未生孤舟屢失道但聽水泉聲

重還宜豐寺

再過招隱寺重會息心期樵客問歸日山僧記別時
野雲陰遠甸秋雨漲前陂一作池勿謂頻來此一作探形勝
吾今不好奇

棲霞山夜坐

山頭戒壇路幽映雲巖側四面青石牀一峰苔蘚色
松風靜復起月影開還黑何獨乘夜來殊非晝所得

法振一作法貞李益同時人

送人遊閩越

不須行借問爲爾話閩中海島春寒雨江帆來去風道遊玄度宅身寄朗陵公此别何傷遠如今關塞通

疾愈寄友

哀樂暗成疾臥中方月移西山有清士孤嘯不可追搗藥曙林靜汲泉陰澗遲微蹤與麋鹿遠謝求羊一作舊交知

皎然姓謝字清晝湖州人靈運十世孫

微雨

片雨拂簷楹煩襟四座清霏微過麥隴蕭散傍莎城
靜愛和花落幽聞入竹聲朝觀趣無限高詠寄閑情

題廢寺

武原罹亂後真界積塵埃殘月生秋水悲風起古臺
居人今已盡栖鴿暝還來不到無生理應堪賦七哀

賦得啼猿送客

萬里巴山外三聲月峽深何年有此路幾客共霑襟
斷壁分重影流泉入苦吟淒涼離别後聞此更傷心

思歸示友人

桐江秋信早憶在故山時靜夜風鳴磬無人竹掃墀
猿來觸淨水鳥下啄寒枝何必關吾事歸心自有期

清江 大曆時人與章八元同倡和

長安臥病

身世足堪悲空房臥疾時卷簾花雨滴掃石竹陰移
已覺生如夢堪嗟壽不知未能通法性詎可見支離

宿嚴維宅簡章八元

佳期曾不遠甲第即南鄰惠愛偏相及經過豈厭頻

秋光林葉動夕霽月華新莫話羈棲事平原是主人

戴叔倫字幼公潤州人師蕭頴士爲門人冠大曆間撫州刺史後遷容管經畧使

吳明府自遠而來留宿

出門逢故友衣服滿塵埃歲月不可問山川何處來

綺城容弊宅散職寄靈臺自此留君醉相歡得幾廻

除夜宿石頭驛

旅館誰相問寒燈獨可親一年將盡夜萬里未歸人

寥落悲前事支離笑此身愁顏與衰鬢明日又逢春

客夜與故人偶集

天秋月又滿城闕夜千重還作江南會翻疑夢裏逢風枝驚暗鵲露草覆寒蛩羇旅長堪醉相留畏曉鐘

送友人東歸

萬里楊栁色出關送故人輕煙拂流水落日照行塵積夢江湖闊憶家兄弟貧徘徊灞亭上不語自傷春

别友人

擾擾倦行役相逢陳蔡閒如何百年内不見一人閑對酒惜餘景問程愁亂山秋風萬里道又出穆陵關

廣陵送趙主簿自蜀歸絳州覲省

將歸汾水上遠省錦城來已泯西江盡仍隨北雁廻
暮雲征馬速曉月故關開漸向庭闈近留君醉一杯

贈李山人

此意盡無事閉門風景遲栁條將白髮相對共垂絲

極玄集卷下 終

松陵集

《松陵集》提要

《松陵集》十卷，唐陸龜蒙編集。陸龜蒙（？—約八八一），長洲（今屬江蘇蘇州）人，字魯望，號江湖散人、天隨子、甫里先生。舉進士，不第，往依湖州刺史張摶。後退隱松江甫里，授徒、撰著終身。《新唐書》卷一九六有傳。陸氏與皮日休齊名，有『皮陸』之稱。後人輯其詩文，爲《甫里先生文集》二十卷。

《松陵集》乃陸龜蒙所編集其與皮日休及顏萓、張賁、鄭璧、司馬都、李縠、崔璐、魏樸、羊昭業、崔璞等人的唱和之作。松陵爲松江之别稱，又稱吴江、吴淞江、笠澤等，其地主要包括今以蘇州爲中心的太湖地區，正是陸龜蒙、皮日休等詩人活動的大致範圍，皮、陸因借以命名其唱和詩集。據皮日休《松陵集序》，此書共收詩六百八十五首，然現存其實爲六百九十八首，是唐代規模最大的唱和詩集，反映了唱和之風在此時的興盛狀況。《四庫全書總目》即云：『依韻唱和，始於北魏王肅夫婦，至唐代，盛於元、白，而極於皮、陸。』

此書形成於晚唐懿宗咸通年間，作者大多屬於下級官吏和隱士，其詩歌以抒發隱逸閑適、超世脱俗的情懷爲主，題材多爲山水風光、節候風物、古迹往事等，表現出鮮明的日常化、生活化特色，因而也成爲反映唐末詩壇出現的清新景象的重要詩集。然賀貽孫《詩筏》指出皮、陸等人『炫才鬥巧，以駭俗人』，這確實是《松陵集》過於在意詩歌體制、文字修辭的偏頗之處。

《松陵集》是現存最完整的唐代詩人唱和詩集，自唐末以來未曾散佚，宋代的公私書目如《新唐書·藝文志》《崇文總目》《郡齋讀書志》《直齋書録解題》等，皆著録此書爲十卷。現存各本《松陵集》版式各異、文字有别，但總體内容無大出入，亦可以説明這個問題。

據《中國古籍善本書目》，現存《松陵集》刻本有明弘治十五年（一五〇二）劉濟民刻本、明崇禎九年（一六三六）顧氏詩瘦閣刻本、明末汲古閣刻本、汲古閣刻本清因樹樓印本等；抄本則有清初影宋抄本、明抄本。對照各本，内容基本一致。其中毛晉自言『特購宋刻而付諸棗』，又曰弘治間刻本『漫滅不可得』，似乎汲古閣本是最接近《松陵集》原貌之正本，然汲古閣本與弘治本相比，内容及文字基本接近。如卷十《報恩寺南池聯句》，汲古閣本『吟久菊多』，『菊』與『多』之間空一字，『髯和趙』之上空兩字，弘治本皆同，清初之影宋抄本亦如此。可見，《松陵集》的版本源流比較齊整清楚，不存在太多複雜問題。

今次影印之六種，分别是清初影宋抄本、明弘治十五年劉濟民刻本、明抄本、三部帶批點校勘的明末毛氏汲古閣刻本。

影宋抄本（國家圖書館藏，書號：五九五八），四册，每半葉十二行，行二十一、二字不等，白口，左右雙邊。無目録，《松陵集序》與卷一正文相連，頗存古貌。汲古閣本《松陵集》卷末毛晉跋云『予特購宋刻而付諸棗』，其所謂『宋刻』或即此影宋抄本之來源。然汲古閣本文字與此本並不盡同，恐亦後人所謂毛氏刻書多不依家藏宋元舊本之譏也。卷中鈐有『毛晉』『義門藏書』『劉承幹字貞一號翰怡』『吴興劉氏嘉業堂藏書印』，知此本曾經毛晉、何焯、劉承幹等人收藏。又據繆荃孫《藝風藏書續集》卷六、傅增湘《藏園群書題記》卷十九，知此本還曾爲繆荃孫收藏，傅氏亦曾寓目。一九三二年，陶湘又據此本影刻，其影響漸廣。

明弘治十五年劉濟民刻本（國家圖書館藏，書號：一七一八二），五册，每半葉十行行十八字，白口，左右雙邊。無目録，《松陵集序》獨立爲卷首。序後有弘治十五年都穆題跋一則，非都穆字迹，爲他人所抄録。跋中云，劉濟民出任吴江邑令，有感於《松陵集》爲本邑故物而流傳不廣，遂延請儒士校勘，捐俸刻梓。可知劉濟民刻本之由來。傳世劉濟民本有前後印本之别。此本爲較早印本，版框完整，字迹清晰。而國家圖書館所藏另一部劉濟民刻本（書號：三二五九）則爲稍後印本，版框已有斷裂，字迹亦不甚清楚，更爲重要的是於卷十之末增刻都穆跋語，其文字亦與較早印本有所不同，顯然已經過修版和補版。此本卷中鈐有『湯珍子重』『雙梧草堂』『湯子重印』『趙嘉稷印』『安石珍藏圖書』諸印，知曾經明正德、嘉靖文人湯珍、清康熙學者趙嘉稷等人收藏。

明抄本（上海圖書館藏，書號：綫善八二三八四三—四四），二册，每半葉十行行十八字，黑口，左右雙邊。錢求赤校勘。書中鈐有『錢求赤藏書』『錢氏校本』『錢孫保印』『錢孫保一名容保』等印，知此本曾經錢求赤所藏並讀。此書後歸藏書家黄裳。黄裳得到此本後，曾先後四次題跋，詳細介紹該本之價值，並根據書中的兩處『牧齋』鈐印，推測可能爲錢謙益絳雲樓之遺物。惜未見絳雲樓藏書目録著録，不能確定是否爲牧齋之舊藏。

毛氏汲古閣刻本（國家圖書館藏，書號：四九八），二册，每半葉八行行十九字，白口，左右雙邊。卷三有傅增湘批校及跋語。該卷末傅氏題識道其始末。一九二九年，他以汲古閣影宋本《分門纂類唐歌詩》卷二十所收皮陸唱和太湖詩四十首，校勘《松陵集》卷三，得異文若干。此本中鈐有『南昌彭氏』『遇書善讀』『塘棲朱氏結一廬圖書記』『仁和朱氏珍藏』諸印，知曾爲彭元瑞、朱學勤收藏。

毛氏汲古閣刻本（國家圖書館藏，書號：T三三四七），八册，行款前已述。此本圈點、評點頗多，不知出於何人之手。其内容以品評詩意、詩境爲主，亦多知人論世之語。書中鈐有『張棟之印』『鴻動』印，知曾經康乾間畫家張棟收藏。又有『瑞軒』印，不知出於何人。黄裳曾聽聞其爲蘇州洞庭東山的一位舊家，家中藏書多明清之際的刻本、抄本①，可備考。

① 黄裳《翠墨集》，生活·讀書·新知三聯書店一九八五年版，第二七頁。

毛氏汲古閣刻本（国家圖書館藏，書號：一一一八九六），四册，行款前已述。此本書前有牌記，云『汲古閣正本／松陵集／皮襲美、陸魯望　吳門寒松堂藏板』，據之此本當爲汲古閣刻寒松堂印本。書前有丁丙手書題識一則，與其《善本書室藏書志》所收者同。卷中有朱墨二色校語，大多書於行間，時或見於天頭處，出自乾隆年間學者盧文弨之手。書後有其跋識一行，云『乾隆戊戌六月廿三日東里盧文弨校』。戊戌即乾隆四十三年（一七七八）。其校勘依據則不詳，偶可見其參考何焯之説。卷中鈐有『玉岩』『存心之印』『紹弓』『盧文弨』『文弨讀過』『數間草堂藏書』『江東羅氏所藏』『羅已智印』『鏡泉』等印，知曾經盧文弨、羅以智遞藏，而後歸於丁丙八千卷樓。

（張廷銀）

松陵集

國家圖書館藏清初影宋抄本

松陵集序

前進士皮日休　撰

詩有六義其一曰比比者定物之情狀也則必謂之才才之備者於聖爲六藝在賢爲聲詩噫春秋之後頌聲亡寢降及漢氏詩道若作然二雅之風委而不興矣在詩有三言四言五言六言七言九言之作三言者曰振振鷺鷺于飛是也五言者曰誰謂雀無角何以穿我屋是也六言者曰我姑酌彼金罍是也七言者曰交交黃鳥止于桑是也九言者曰泂酌彼行潦挹彼注茲是也蓋古詩率以四言爲本而漢氏方以五言七言爲之也其句亦出於毛詩五言者李陵曰攜手上河梁是也七言者漢武曰日月星辰和四時是也爾後盛於建安建安以降江左

君臣得以浮艷之然詩之六義微矣逮及吾唐開元之世易其體爲律焉始切於儷偶拘於聲勢然詩云見憫既多受侮不少其對也工矣堯典曰聲依永律和聲其爲律也甚矣由漢及唐詩之道盡矣吾又不知千祀之後詩之道止於斯而已耶後有變而作者予不得以知之夫才之備者猶天地之氣乎氣者止乎一也分而爲四時其爲春則煦枯發枿如育如護百蘤融冶酣人肌骨其爲夏則赫曦朝升天地如窑草焦木渴若燎毛髮其爲秋則涼颸高瞥若露天骨景爽夕清神不蔽形其爲冬則霜陣一捷萬物昔率雲沮日慘若憚天責夫如是豈拘於一哉亦變之而已人之有才者不變則已苟變之豈異於是乎故才之用也廣之爲滄溟細之爲溝竇高之

爲山嶽碎之爲瓦礫美之爲西子惡之爲敦治壯之爲武
賁弱之爲處女大則八荒之外不可窮小則一毫之末不
可見苟其才如是復能善用之則庖丁之牛慶之輪郢之
斤不足謂其神解也意古之士窮達必形於謌詠苟欲見
乎志非文不能宣也於是爲其詞詞之作固不能獨善必
湏人以成之昔周公爲詩以貽成王吉甫作頌以贈申伯詩
之訓贈其來尚矣後每爲詩必多以斯爲事咸通七年
令兵部令狐員外在淮南今中書舍人弘農公守毗陵日
休皆以詞獲幸悉蒙以所製命之和各盈編軸亦有名其
首者十年大司諫清河公出牧於吳日休爲部從事居一
月有進士陸龜蒙字魯望老以其業見造凡數編其才
之變眞天地之氣也近代稱温飛卿李義山爲之最

生叅之於知其孰為之後先也太玄曰稽其門闢其户眼其鍵然後乃應況其不者乎余遂以詞誘之果復之不移刻由是風雨晦冥蓬蒿翳薈未嘗不以其應而爲事苟其詞之來食則輟之而自飫寢則聞之而必驚凡一年爲往體各九十三首今體各一百九十三首雜體各三十八首聯句問荅十有八篇在其外合之凡六百五十八首南陽廣文潤卿隴西侍御德師或旅泊之際善其所為皆以詞致師詞之不多去之速也大司諫清河公有作或命之和亦著焉其餘則吳中名士又得三十首除詩外有序十九首摠録之得十通載詩六百八十五首漢書曰古者諸侯卿大夫交以隣國以微言相感當揖讓之時必稱詩以喻其志蓋以別賢不肖也余之與生道義志氣窮達是非莫不見

于是士君子或爲之覽賢不肖可不别乎哉噫古之將
有交綏而退者今生之於余豈是耶生既編其詞請於余曰
爾有文當爲我序詩道兼十通以名之曰休曰諾由是爲之
序松江吳之望也别名曰松陵請目之曰松陵集

松陵集卷第一　往體詩一十二首

讀襄陽耆舊傳因作詩五百言寄皮襲美

鄉貢進士陸　龜蒙

漢皋古來雄山水天下秀高當軫翼分化作英髦囿暴秦
之前人灰滅不可究自從宋生賢特立冠耆舊離騷既日
月九辯即列宿卓哉悲秋辭合在風雅右龐公樂幽隱辟
聘無所就衹愛鹿門泉泠泠倚巖漱孔明卧龍者潛伏躬
耕耨忽遭玄德雲遂起鱗角鬭三胡節皆峻二習名亦舊

其餘文武家相望如斥候緬思齊梁降寂寞寡清胄疑融
爲猗瀾復結作瑩琇不知粹和氣有得方大授將生皮夫子
上帝可其奏并包數公才用以殿一歐後嘗聞兒童歳嬉戲
陳俎豆積漸開詞源一派分萬流先崇丘旦室大懼隳忝結
構次補荀孟桓所貴亡罅漏仰瞻三皇道蟣虱在宇宙却
視五霸圖股掌弄孩幼或能顱髖髀或與翼巽鴿鷇或喜掉
直舌或樂斬邪脰或耨鉏翳薈或整理錯謬或如百千騎
合沓原野狩又如曉江平風死波不皺幽埋力須掘遺落貲
必貝乃於文學中十倍猗頓富囊表之向咸鎬馬重遲步驟
專場射策時縛虎當羿彀歸來把通籍且作高堂壽未
足逞戈矛誰云被文繡從知偶東下帆影拂吳岫物象悉
摧藏精靈畏雕鏤伊余抱沈疾顛頓守圭竇方推洪範疇

更念太玄首去 陳詩採風俗學古窮篆籀朝朝貫薪米往往逢責詬既被鄰里輕亦爲妻子陋持冠適甌越敢怨不得售窘若曬沙魚悲如哭霜狖唯君枉車轍以逐海上臭披襟兩相對半夜忽白晝執熱濯清風忘憂飲醇酎驅爲文翰侶鶩皁參驥廐有時諧宮商自喜眞邂逅道孤情易苦語直詩還瘦藻匠如見訓終身致懷袖

魯望讀襄陽耆舊傳見贈五百言過襃庸材靡有稱是然襄陽曩事歷歷在目夫耆舊傳所未載者漢陽王則宗社元勳孟浩然則文章大匠余次而贊之因而寄荅亦詩人無言不訓之義也次韻

皮日休

漢水碧於天南荊廓然秀廬羅遵古俗鄢郢迷昔圃幽奇

無得狀嶢絕不能究興替忽矣新山川悄然舊班班生造
士二一應玄宿巴庸乃嶮岨屈昃寔豪右是非既自分涇渭
不相就粵自靈均來清才若天潄偉哉涸上隱卓爾隆中
耨始將麇鹿狎遂與麒麟鬬萬乘不可謁千鍾固非茂爰
從景升死境上多兵傒檀溪試戈舩峴嶺屯貝胄寂寞數
百年質唯包礫琇上玄賞唐德生賢命之授是爲漢陽王
帝曰俞爾奏巨德聳神鬼宏才轢前後勢端唯金莖質古乃
玉豆行葉蔭大椿詞源叱洪流六成清廟音一柱明堂構在
昔房陵遷圓穹正中漏緊王揭然出上下拓宇宙俯視三事
者騃騃若童幼低摧護中興若鳳視其鷇遇險必伸足逢
誅將引胝既正北極尊遂治衆星謬重閶章陵幸再見岐
陽狩日似新刮膜天如重熨皺昜政疾似欻求賢甚於見

化之未朞年民安而國富翼衛兩舜趨鈞陳十堯驟忽然
遺相印如羿御其轂姦倖却乗釁播遷遂終壽遺廟屹峯
嶤功名紛組繡開元文物盛孟子生荆岫斯文縱奇巧秦
璽新雕鏤甘窮卧牛衣受辱對狗竇思變如易爻才通似
玄首祕於龍宫室怪即天篆籒知者競欲戴嫉者或將詬
任達且百觚遂爲當時陋既作才鬼終恐爲仙籍售余生
二賢末得作升木犺兼濟與獨善俱敢懷其臭江漢稱炳
靈克明嗣清晝繼彼欲爲三如醨和醇酎既見陸夫子駑
心却伏廐結彼世外交遇之於邂逅兩鶴思競閑雙松格
爭慶唯恐别仙才漣漣涕襟袖
魯望昨以五百言見貽過有褒美内揣庸陋彌
增愧悚因成一千言上述吾唐文物之盛次叙

相得之懽亦迭和之微旨也　日休

三辰至精氣生自蒼頡前粤從有文字精氣銖於緜所以揚墨後文詞縱横顛元狩富材術建安儼英賢歐祀四百餘作者如排穿五馬渡江日羣魚食蒲年大風蕩天地萬陣黄鬚羶縱有命世才不如一空拳後至陳隋世得之拘且緛太浮如瀲灎太細如蚳蝝太亂如靡靡太輕如芊芊流之爲醧醟變之爲遊畋百足雖云衆不救殺馬蛭君臣作降虜北走如獮㹠所以文字妖致其國朝遷吾唐革其弊取士將科懸文星下爲人洪秀窰於緶大開紫宸扉來者皆詳延日晏朝不罷龍姿懽軥軥音句呂氏春秋云天子軥軥於焉周道反由是秦法悛射洪陳子昂其聲亦喧闐惜哉不得時將奮猶拘攣玉壘李太白銅隄孟浩然李寬包堪輿孟

澹凝漪漣埋骨採石壙畱神鹿門埏俾其羇旅死實覺天
地孱猗歟子美思不盡如轉輇筌縱爲三十車一字不可捐
既作風雅主遂司歌詠權誰知耒陽土埋却眞神仙當於
李杜際名輩或泝沿良御非異馬由弓非他弦其物無同異
其人有嗤妍自開元至今宗匠紛如煙爽若沆瀣英髙如
崑崙巔百家囂浮說諸子率寓篇築之爲京觀解之爲牲
牷各持天地維率意東西牽競抵元化首爭扼眞宰咽或
作制浩藪或爲宮體淵或堪被金石或可投花鈿或爲與
隸唱或被兒童憐鳥壘虜亦寫雞林吏爭傳披猖覆載樞
捭闔神異鍵力掀尾閭立鬼軋大塊旋降氣或若虹耀影
或如薉萬象瘡復痏百靈瘠且癵謂乎數十公筆若明堂
彖其中有疑者不忍當如蜒蚿軀不襄莱並焉或爭餅所

以吾唐風直將三代甄被此文物盛由乎聲詩宣採彼風
人謠輶軒輕似鸛麗者固不捨鄙者亦爲銓其中有鑒戒
一一堪雕鐫乙夜以觀之吾君無釋焉遂命大司樂度之
如星躔播於樂府中俾爲萬代蠲吹彼圓丘竹誦茲清廟
絃不唯娛列祖兼可格上玄粤余何爲者生自江海壖騃
騃自髫角不甘耕一堰諸昆指倉庫謂我死道邊何爲不
力農稽古眞可嗎遂與襏襫著兼之籉笠全風吹蔓草花
颭颭盈荒田老牛瞪不行力弱誰能鞭乃將耒與耜並換
槧與鉛閱彼圖籍肆致之千百編擕將入蘇嶺鹿門別名不就無
出緣堆書塞低屋添硯涸小泉對燈任髻爇憑案從肘
斫苟無切玉刀難除指上胼爾來五寒暑試藝稱精專昌
黎道耒著文敎如欲騫其中有聲病於我如𦧲䑙天䑙二音語不正皃

是敢驅頹波歸之于大川其文如可用不敢佞與便明水在藁秸大羹美臨豆籩將來示時人猰㺄垂饞涎亦或尚華縟亦曾爲便嬛亦能制灝灝亦解攻翩翩唯思逢陣敵與彼爭後先避兵入勾吳窮悴秖自跧平原陸失子投刺來蹁躚開卷讀數行爲之加敬虔忽窮一兩首反顧唯曲拳始來遺巾幗乃敢排戈鋋或爲拔幟走或遭劘壘還不能收亂轍豈暇重爲搴雖然未三北亦可輸千鍰（止專反尚書云贖罪千鍰）向來說文士爾汝名可聯聖人病没世不患窮而顛我未九品位君無一囊錢相逢得何事兩籠訕唱餞無顔解媮合底事居冗貟方知萬鍾祿不博五湖舩夷險但明月死生應白蓮吟餘凭几飲釣罷偎蓑眠終拋峴山業相共此霅連

襲美先輩以龜蒙所獻五百言既蒙見和復示榮

唱至于千字提奬之重蕆有稱實再杍副懷用

伸訓謝　　龜蒙

洪範分九疇轉成天下規河圖孕八卦煥作玄中奇先開否臧源
次築經緯基粤若魯聖出正當周德衰越疆必載質歷國將
扶危諸侯恣屈強王室方凌遲歌鳳時不偶獲麟心益悲始嗟
吾道窮竟使空言垂首賛五十易又删三百詩遂令篇籍光可並
日月姿向非筆削功未必無瑕疵迨至夫子没微言散如枝所宗旣
不同所得亦異宜名法在深刻虛玄致希夷自從戰伐來一泒從
横馳寒谷生艶木沸潭結流澌驚奔失壯士好惡隨纖兒扁氏
并六合勢尊丞相斯加于挾書律盡取坑焚之南勒會稽頌北
恢胡亥阺猶懷徧巡狩不暇親維持及漢文景後鴻生方鈲覙
蕆揚堯舜風反作三代吹飄飖四百載左右爲藩籬鄴下曹

父子獵賢甚熊羆發論若霞駮（魏文帝著典論有論文篇）裁詩如錦摛徐王
應劉輩頭角咸相衰或有妙絕賞或為獨步推或許潤色美
或嫌詆訶癡倏以中利病且非混醇醨雅當乎魏文麗矣哉
陳思不肯少選妄恐貽後世嗤吾祖杖才力（士衡文賦）革車蒙虎
皮手將一白旄直向文場麾輕去若脫鉗鈇豁如抽扊扅
（上惔下移）精鋼不足利騕褭何勞追大可罩山岳纖堪析毫氂
十體免負贅百家咸起瘻爭入鬼神奧不容天地私一篇
邁華藻萬古無子遺刻鵠尚未已彫龍奮而爲（劉勰有文心彫龍）
劉生吐英辯上下窮高卑下臻宋與齊上指軒從羲豈但
摽八索殆將包兩儀人謠洞野老騷怨明湘纍立本以致詰
驅宏來抵巇清如朔雪嚴緩若春煙贏或欲開戶牖或將
飾嬰委雖非奇天刻亦是囊中錐皆由內史意故尋東笆詞

梁元盡索虜後主終亡隋哀音但浮脆豈望分雄雌吾唐
揖襄初陛列森咎夔作頌婉吉甫直言過祖伊明皇踐中
日墨客肩叅差岳淨秀擢削海寒光陸離皆能取穴鳳盡
擬乘雲螭邇來二十祀後造相追隨余生落其下亦值文明時
少小不好弄逡巡奉弓箕雖然苦貧賤未省親嚅唲秋倚抱
風桂曉烹承露葵窮年只敗袍積日無晨炊遠訪賣藥客開
尋捕魚師歸來蠹編上得以含情窺抗韻吟比雅覃思念梘
樆因知昭明前剖石呈清琪又嗟昭明後敗葉埋芳莛縱有月亘
評未能天下知徒爲強貎豹不免叅狐狸誰蹇行地足誰抽
刺天鬐誰作河畔草誰爲洞中芝誰若靈囿鹿誰猶清廟
犧誰輕如舉毛誰密如凝脂誰比蜀嚴靜誰方巴賨貲誰能
釣抃鼇誰能灼神龜誰皆如水火誰同若塤箎誰可征弄棟

誰敢驅谷蠡鹿黎二音用此常不快無人動交鈹空消病裹骨柱白愁中髭鹿門先生才大小無不怡就彼六籍內說詩直解頤顧我迷未遠開懷潰其疑初看鑿夲源漸乃踈旁支遂古泒泛之濫皇朝光赫曦揣摩是非際一如襟期李杜氣不易孟陳節難移信知君子言可並神明著枯腐尚求律膏肓猶謁毉況將太牢味見啗逋懸飢令來置家地正枕吳江湄餌薄鈎不曲跫然守空坻嘿坐無影響唯君嘆茅茨抽書亂籤帙酌茗煩甌犧或伴補鈌砌或偕詣荒祠孤節倚煙蔓細木撗風漪觸雨妨扉屨臨流涯江蘺既狎野人調甘爲豪士嗤不敢負建鼓唯憂掉降旗希君念餘勇挽袖登文陴

吳中苦雨因書一百韻寄魯望　日休

全吳臨巨溟百里到滬瀆海物競駢羅水怪爭滲漉狂蜑

吐其氣千尋歘然蹙一刷半天墨染爲歊危屋怒鯨瞪指
向吹浪山轂轂倏忽腥杳冥須臾圻崖谷帝命有嚴程慈
物敢潛伏噓之爲玄雲彌亘千萬幅直拔倚天劍又建撗
海纛化之爲暴雨瀑瀑射平陸如將月窟寫似把天河撲
著樹勝戟支中人過箭削鍭龍光倏閃照虬角揺琤觸此時一
千里平下天台瀑雷公恣其志礒礰裂電目蹋破霹靂輩
折却三四輻雨工避罪者必在蛟睫宿狂發鏗訇音不得
懈怠傫頃刻勢稍止尚自傾欹欹不敢履洿㔟恐蹋爛地
軸自爾凡十日茫然晦林麓只是遇滂沲少曾逢霡霂伊
余之廨宇古製拙卜築頹簷倒菌黄破砌頹莎緑只有方
丈居其中蹐且跼朽㔟或似醉漏時又如沃堦前平泛濫墻
下深逯趚唯堪著簦笠復可乘⿰舟且⿰舟宿鷄犬並淋漓兒童但

咿噢勃勃生濕氣人人窂於鎬鬚眉漬將斷肝膈蒸欲熟
當庭死蘭芷四垣盛萯蒙解帙展斷書拂牀安壞牘跳梁
老蛙黽直向牀前浴蹲前但相聒似把白丁辱空廚方欲
炊漬米未離箕薪蒸濕不著白晝須燃燭汗來既已淨買
魚不獲鰕竟未成麥饘安能得粱肉更有陸先生荒林抱
窮蹙壞宅四五舍病篠三兩束蓋簷低礙首蘚地滑澾足
注欲透承塵濕難庇廚簏低摧在圭竇索漠拋偏裂手指
既已胼肌膚又將瘯一庖勢欲隊將撐之寸木盡日欠束
薪經時　斗粟螔蝓將入甑蟚蜞已臨鍑音腹說文云如釜大口嬌兒
未十歲揭然目啼哭一錢買粔籹數里走病僕破碎舊鶴
籠狼籍晚蠶簇千卷素書外此外無餘蓄著處紵衣裂戴
次紗帽襆惡陰替過午未及烹葵此叔吳中洞息占七萬弗

如臘嗇止甘盤鮮後惟僣車朋皆希尉吏旨盡怡里晉錄
低眉事庸奴開顔納金玉唯到陸先生不能分一斛先生之志
氣薄漢如鴻鵠遇善必孳踞見才輒馳逐廉不受一芥其
餘安可黷如何鄉里輩見之乃蝟縮粤余苦心者師仰
但踖踧受易既可注請玄又堪卜百家皆捜蕩六藝盡
翻覆似餧見太牢如迷遇華燭半年得訓唱一日屢往復
三秀間稂莠九成雜巴濮奔命既不暇乞降但相續吟詩
口吻嗃把筆指節瘃君才既不窮吾道由是篤所益諒弘
多厥交過親族相逢似丹漆相望如朓朒論業敢並驅量
分合繼躅相違始兩日忡忡想華縟出門泥漫漶恨無直
轅葦十錢賃一輪蓬上鳴斛觫赤脚枕書帙訪余穿詰曲
入門且抵掌大嘯時碌碌茲淋既浹旬無乃害九穀余淮

餓不死得非道之福手中捉詩卷語快還共讀解帶似歸來脫巾若沐浴踈如松間篁野甚麋對鹿行譚弄書籤卧話枕碁局呼童具盤飧撳衣換雞鶩或薰一升麻或煠兩把菊用以閟幽奇豈能資口腹十分煎皐盧半榼挽酃醁高談繄無盡晝漏何太促我公大司諫一切從民欲梅潤侵束杖和氣生空嶽而民當斯時不覺有煩溽念澇爲之災拜神再三告太陰霍然收天地一澄肅燔炙既芬芬威儀乃罼罼（音木）須權元化柄用拯中夏酷我願薦先生左右輔司牧茲雨何足云唯思舉顏歜

奉詶襲美先輩吳中苦雨一百韻見寄　龜蒙

微生參最靈天與意緒拙人皆機巧求百遇無一違家爲唐臣來弈世唯纓冕只垂青白風禀禀自貽厥（龜蒙五代祖[illegible]）

輔猶殘賜書在緗簡若斷絕其間忠孝字萬古光不滅孱孫
誠曹昧有志常狷狷敢云嗣良弓但欲終守節諠譁不入
耳讒佞不挂舌仰詠堯舜言俯遵周孔轍所貪既仁義豈
暇理生活縱有舊田園拋來亦蕪没因之成兀塞十載眞
契闊凍骭一檐揄飢腸少糠籺甘心付天壤委分任迴斡
笠澤臥孤雲桐江釣明月盈筐盛芡芰滿釜煑鱸鱖酒懺
風外啟茶槍露中擷江南謂茶牙未展者曰槍已展者曰旗也歌謠非大雅捃摭
爲小說上可補薰蕕傍堪跐牙蘖龜蒙甞著說三卷方當賣罶罩
盡以易紙扎蹤跡尚吳門夢魂先魏闕尋聞天子詔赫怒
誅叛卒宵旰憫烝黎謨明問征伐王師雖繼下賊壘未即
拔此時淮海波半是生人血霜戈驅少壯敗屋棄羸耋踐
蹋此壓　焚燒同槀秸吾皇自神聖執事皆閒傑射策亦

何爲春卿遂聊輟伊余將貢技未有恥可刷却問漁樵津
重耕煙雨撥諸侯急兵食冗贍方翦截不可抱詞章巡門
事干謁歸來閶蓬揵壁立空豎褐煖手抱孤煙披書向殘
雪幽憂和憤懣忽愁自驚飛文兮乏寸毫武也無尺鐵平
生所韜蓄到死不開豁念此令人悲翕然生内熱加之被
皸瘃况復以藜糲既爲霜露侵一臥增百病筋骸將束縛
膝理如箠撻衵謂抵狂貙又疑當毒蝎江南多事鬼巫覡
連甌粤可口是妖訛恣情專賞罰良醫只備位藥肆成虛
設而我正萎痿安能致訶咄椒蘭任芳苾精粣從羅列醆
斝既屢傾錢刀亦隨爇兼之瀆財賄不止行諂竊天地如
有知微妖豈逃殺其時心力憤盜使氣息惙永夜更呻吟
空林旦交胃君來替贊投野鶴卿簪笏謂我司光塹心中

有溟渤輪蹄相壓至問遺無虚月首到春鴻濛猶残痳根
茇看花雖眼暈見酒忘肺渴隱几還自怡逢盧亦争喝抽
毫更唱和劍戟相磨戞何大不苞羅何微不挑刮今來值
霖雨晝夜無暫歇雜若碎淵淪高如破軫轕何勞鼉吼岸
詎要鶴鳴垤秪意江海飜更愁山岳裂初驚蚩尤陣虎豹
争搏嚙又疑伍胥濤蛟蜃相蹙拨千家濛瀑練忽似好披
拂萬瓦垂玉繩如堪取縈結況余居底下夲是蛙蚓窟邇
來增號呼得以恣唐突先夸屋舍好又恃頭角丘厚地雖
直方身能徧穿穴常恭莊辯裏亦造楊玄末偃仰縱無機
形容且相忽低頭增嘆忙到口復咽嗢沮洳漬琴書莓苔染
巾襪解衣換倉粟秕稗猶未脱飢鳥屢窺臨泥僮苦舂晡
或聞秋稼穡太半沈澎八耕父蠹齊民農夫思旱　吾

觀天之意末必洪水割且要虐飛龍又嵒滋跛鼈三吴明太守左右皆儒哲有力即扶危懷仁過救暍鹿門皮夫子氣調眞俊逸截海上雲鷹撗天下韝鶻文壇如命將可以持于鉞不獨扆羲軒便當城老佛顧余爲山者所得才簣撮譬如飾箭材尚欠鏃與筈開將俞兒唱強倚帝子瑟卒得遠瀟湘不然蚩賈屈開緘窺寶肆璣貝光櫛比朗詠衝樂懸陶匏響鏗擖古來愁霖賦不是不清越非君頓挫才沵氣難摧折馳情扣虛寂力盡無所掇不足謝徽音秖令凋鬢髮

初夏即事寄魯望　日休

夏景恬且曠遠人疾初平黃鳥語方熟紫桐陰正清癖宇有幽處私遊無定程歸來閉雙關亦忘枯與榮土室作深谷蘚亘爲干城斂杉突地架筵笋支檐楹片石共坐穩病

鸖同喜晴癭木四五器節杖一兩莖泉爲葛天味松作羲
皇聲或看名畫徹或吟閑詩成忽枕素琴睡時把仙書行
自然寡儔侶莫謊更紛爭具區包地髓震澤含天英粤從
三讓來俊造紛然生顧余客玆地薄我皆爲傖唯有陸夫
子盡力提客鄉各負出俗才俱懷超世情駐我一棧車啜
君數藜羹敲門若我訪倒屣忻逢迎胡餅蒸甚熟貊盤
舉尤輕茗脆不禁炙酒肥或難傾掃除就藤下移榻尋虛
明唯共陸夫子醉與天壤并

奉詶襲美先輩初夏見寄次韻　龜蒙

積雨晦皐圃門前煙水平蘋蘅增遥吹枕席分餘清村旆
詫酒美賒來滿鋞程未必減宣子何羨謝公榮借宅去人
遠敗墻連古城愁鴟占枯枿野鼠趨前楹昨日雲破損晚

林先覺晴幽篁倚微照碧粉含踈荳蠹簡有遺字疣琴無泛聲蠶寒龜尚薄鷺喜鵶新成覽物正摇思得君初夏行誠明復散誕化匠安能爭海浪刷三島出天風吹六英洪崖領、玉節坐使虛音生吾祖傲洛客因言幾爲傖未裔寔漁者敢懷千墨卿維思釣璜老遂得持竿情何須乞鵝炙豈在斟羊羹畦蔬與炎醁便可相攜迎蟠木几甚曲笋皮冠且輕閑心放羈靮醉脚從欹傾一逕有餘遠一窻有餘明秦皇苦不達天下何足并

二遊詩 并序　　日休

吴之士有恩王府叅軍徐修矩者守世書萬卷優遊自適余假其書數千卷未一年悉償夙志酣飫經史或日晏忘飲食次有前涇縣尉任晦者其居有深林曲沼危亭幽砌

余並次以見之或退公之暇必造以息焉林泉隱事恣用研

詠大凡遊於二君宅無浹旬之閒因作詩以留贈目之曰二遊

兼寄陸魯望

徐詩

東莞爲著姓弈代皆儁喆強學取科第名聲盡孤揭自

爲方州來清操稱凜冽唯寫墳籍多必云清俸絶宣毫利

若風刻紙光於月札吏指欲胼萬通排未闋樓船若夏屋

欲載如坻垾轉徙入吴都縱橫礙門闑縹囊輕似霧緗

帙殷於血以此爲基構將斯用貽厥重於通侯印貴却全

師節我愛叅卿道承家能介絜潮田五萬步草屋十數楶

徵官不能去歸來坐如刖保兹萬卷書守慎如羈紲念我

曾苦心相逢無間別引之看祕寶任得窮披閱軸閑翠鈿

剥籛古紅牙折帙解帶芸香卷開和桂屑挑兼石鋒刃搨共松瘡癤一臥寂無喧數編看盡徹或携歸廨宇或把穿林樾挐過太湖風抱宿支硎雪如斯未星紀悉得分毫末剪除幽僻藪滌蕩玄微窟學侮正狂波佘頭向中頞（烏没反）聖人患不學垂誡尤爲切曷昧古與今何殊瘖共矙（五滑反）昔之慕經史有以備筆札何況遇斯文借之不曾輟吾衣任穀纑吾食甘糠覈其道苟可光斯文那自伐何竹青堪殺何蒲重好截如能盈兼兩便足詘飢渴有此競苟榮聞之兼可嘅東臯耨煙雨南嶺提薇蕨何以謝徐君公車不聞設

任詩

任君恣高放斯道能寡合一宅閑林泉終身遠囂雜嘗聞佐浩穰散性多傷沓（上五盍反下音沓不蓄事皃）欻爾解其綬遺之如棄靸

歸來鄉黨内却與親朋洽開溪未襄丁列第方稱甲入門
約百步古木聲霎霎廣檻小山敧斜廊怪石夾白蓮倚
欄楯翠鳥緣簾押地勢似五瀉巖形若三峽猿眠但膃肭
鳧食時啑唼撥荇下文竿結藤縈桂檝門留翳樹客壁倚
裁花鍾度歲止褐衣經旬唯白幍多君方閉戶顧我能倒
屧請題在茅棟留坐於石榻魂從清景遙衣任煙霞裛階
墀龜任上枕席鷗方狎沼似頗黎鏡當中見魚眨杯杓悉
杉瘤盤筵盡荷葉閑斟不置罰開弈無爭劫閑日不整
冠閑風無用箑以斯爲思慮吾道寧疲薾衮衣競繼纞鼓
吹爭鞺鞈欲者解擠排后者能詀囁權豪暫翻覆刑禍
相塡壓此時一圭竇不肯饒閭閻有第可棲息有書可漁
獵吾欲與任君終身以斯愜

奉和二遊詩　　龜蒙

徐詩

嘗聞四書曰經史子集焉苟非天祿中此事無由全自從秦火來歷代逢迍邅漢祖入關日蕭何爲政年盡力取圖籍遂持天下權中興延嘉時敎化還相宣立石刻五經置於太學前賊莽亂王室君臣如轉圜洛陽且煨燼載籍宜爲煙逮晉武革命生民纔息肩惠懷亟寡昧戎羯俄腥羶已覺天地閉競爲東南遷日既不暇給墳索何由專爾後國脆弱人多尚虛玄任學者得謗淸言者爲賢直至沈范輩（沈約范雲皆藏書數萬卷）始家藏簡編御府有不足仍令就之傳梁元諸宮日盡取如蚳蟓兵威忽破碎焚爇無遺篇近者隋後主搜羅勢駢闐寶函映玉軸彩翠明霞鮮伊唐受命初載

史聲連延砥柱不我助驚波湧淪漣遂令因去書半在餘浮泉貞觀貰亡逸蓬瀛漸周旋炅然東壁光與月爭流天偉夫開元中主道眞平平八萬五千卷二一皆塗鉛案開元麗正殿書錄云人間盛傳寫海內奔窮研目云西齋書有過東皐田吾聞徐氏子弈世皆才賢因知遺孫謀不在黃金錢揷架幾萬軸森森若戈鋋風吹籤牌聲滿室鏗鏘然佳哉鹿門子好問如除痟脩來參卿處遂得參卿憐開懷展廚簏唯在性所便素業已千仞今爲峻雲巔雄才舊百泒相近浮白川君苞王佐圖縱步凌陶甄他時若報德誰在參卿先

任詩

吳之辟彊園在昔勝槩敵前聞富脩竹後說紛怪石竟陵子陸羽詠月詩云辟彊舊林園怪石紛相向風煙慘無主載祀將六百草色與行人誰能問

遺跡不知清景在盡付任君宅却是五湖光偷來傍簷隙
出門向城路車馬聲轔轢入門望亭隈水木氣岑寂犨墻
繞曲岸勢似行無極十步一危梁乍疑當絕壁池容澹而古
樹意蒼然僻魚驚尾半紅鳥下衣全碧斜來島嶼隱恍若
瀟湘隔雨靜挂殘絲煙消有餘脉竭來任公子擺落名利
役雖將祿代耕頗愛巾隨策秋籠支遁鶴夜榻戴顒客說
史足爲師譚禪差作伯君多麋門思到此情便適偶蔭桂
堪帷縱吟苔可席顧余眞任誕雅遂中心獲但喜醉還醒
豈知玄尚白甘閑在雞口不貴封龍額即此自怡神何勞
謝公屐

松陵集卷第一

松陵集卷第二　往體詩二十八首

追和虎丘寺清遠道士詩　并序　日休

聖人爲春秋凡諸侯有告則書無告則不書蓋所以懲其僞而敦其實也夫怪之與神雖曰不言在傳則書之者亦撫其實而爲之也若然者神之與怪果安耶噫聖賢有不得其志者則必垂之於言也大則爲經誥小則爲謌詠蓋不信於當時則取愬於後世抑鬼神有生不得其志者死亦然耶若憑而宜之則石言乎晉物呌于宋是也若夔而辨之則良夫有昆吾之歌聲伯有瓊瑰之謠是也自茲已後人倫不修神藻益熾在君人者悟之則爲瑞逆之則爲妖其冥諷昧刺時出於世者則與騷人狎客往往敵於忽微焉虎丘山有清遠道士詩一首其所稱自殷周而歷秦漢

迄于近代抑二千年末以鬼神自謂亦神怪之甚者格之以清健飾之以俊麗一句一字若奮若搏彼建安詞人儻在不得居其右矣顏太師魯公愛之不暇遂刻於巖際并有繼作李太尉衛公欽清遠之高致慕魯公之素尚又次而和之顏之叙事也典李之屬思也麗並一時之寡和又幽獨君詩二首亦甚奇愴余嗜古者觀而樂之因揔而爲和荅幽獨君一篇不知孰氏之作其詞古而悲亦存于篇末太玄曰大無方易無時然後爲鬼神也噫清遠道士果鬼神乎抑道家者流乎抑隱君子乎詞則已矣人則吾不知也

清遠道士同沈恭子遊虎丘寺有作

我本長殷周遭羅歷秦漢四瀆與五岳名山盡幽竄及此寰區中始有近峯翫近峯何鬱鬱平湖眇漲漫吟挽川之

陰步上山之岸山川共澄澈光彩交凌亂白雲蓊欲歸青松忽消半客去川島靜人來山鳥散谷深中見日崖幽曉非且聞子盛遊遨風流足詞翰嘉茲好松石一言常累歎勿謂余鬼神忻君共幽讚

刻清遠道士詩因而繼作　太師魯公

不到東西寺于今五十春竭來從舊賞林壑宛相親吳子多藏日秦皇厭聖辰劒池穿萬仞盤石坐千人金氣騰爲虎琴臺化若神登壇仰生一捨宅歎珣珉中嶺分雙樹迴巒絕四鄰窺臨江海接崇飾四時新客有神仙者於茲雅麗陳名高清遠峽文聚斗牛津跡異心寧間聲同質豈均悠然千載後知我揖光塵

追和太師魯公刻清遠道士詩　太尉衛公

茂苑有靈峯嗟余未遊觀藏山在平陸壞谷爲高岸岡繞數仞墻巖潛千丈幹乃知造化意迴斡資奇翫鏐騰昔虎踞劒没甞龍煥潭黛入海底崟岑聳霄半層巒未昇日哀狁寧知旦緑篠夏凝陰碧林秋不換寘搜旣窈窕迴望何蕭散川映嵐氣收江春雜英亂逸人綴清藻前哲留篇翰共扣哀玉音皆舒文繡段難追彦回賞褚彦回曰凡人所稱常過其實唯見虎丘則逾其所聞徒起興公歎一夕如再升含毫星斗爛

追和清遠道士詩兼次本韻　日休

成道自褎周避世窮炎漢荆杞雖云梗煙霞尚容竄茲岑信靈異吾懷愜流翫石澁古鐵銼嵐重輕埃漫松膏膩幽逕蘋沫著孤岸諸蘿幄幕暗衆鳥陶匏亂巖鎛地中心海光天一半玄猿行列歸白雲次第散蟾蜍生夕景沆瀣餘

清旦風日採幽什墨客學靈翰嗟余慕斯文一詠復三歎
顯晦雖不同兹吟粗堪讚
同前亦次本韻　　龜蒙
一代先後賢聲容劇河漢況兹邁古士復歷蒼崖竄辰
經幾十萬邈與靈壽翫海嶽尚推移都鄙固蕪漫羸僧
下高閣獨鳥没遠岸嘯初風雨來吟餘鍾唄亂如何鍊精
魄萬祀忽欲半寧爲斷臂憂肯作秋栢散吾聞酆宫内日
月自昏旦左右修文郎縱横灑篇翰斯人久冥漠得不垂
慨歎庶或有神交相從重興讚
補沈恭子詩并序
茱清遠道士詩題中有沈恭子同遊既爲神怪之儔得非
姓氏謚爲恭子乎趙宣子韓獻子之類耶恭子美謚也而

詩中有風流詞翰之稱豈獨唱而不和者歟疑闕其文以
爲恭子之恨乃作一章存于編中亦補亡之義也

詩

靈質貫軒昊遐年越商周自然失遠裔安得怨寡儔我
亦小國脩易名憖見優雖非放曠懷雅奉逍遥遊擕手桂
枝下屬詞山之幽風雨一以過林麓颯然秋落日倚石壁天
寒登古丘荒泉已無夕敗葉翳不流亂翠缺月隱衰紅清
露愁覽物性未逸反爲情所囚異才偶絶境佳藻窮冥搜
虚傾寂寞音敢作雜珮詶

幽獨君詩二首

幽明雖異路平昔忝工文欲知潛昧處山北首孤墳
髙松多悲風蕭蕭清且哀南山接幽壠幽壠空崔嵬白日

徒昭昭不照長夜臺雖知生者樂魂魄安能迴況復念所
親慟哭心肝摧慟哭更何言哀哉復哀哉

荅幽獨君

神仙不可學形化空遊魂白日非我朝青松爲我門雖復
隔幽顯猶知念子孫何以遣悲惋萬物歸其根寄語世上人
莫厭臨芳樽莊生問枯骨王樂成虚言

追和幽獨君詩次韻　日休

念爾風雅魄幽咽猶能文空令傷魂鳥啼破山邊墳
恨劇但埋土聲幽難放哀墳古春自晚愁緒空崔嵬白楊
老無花枯根侵夜臺天高有時裂川去何時迴雙睫不能
濡六藏無可摧不聞搴蓬事何必深悲哉

同前次韻　龜蒙

靈氣猶不死尚能成綺文如何孫窆裏猶自讀三墳

落日送萬古秋聲含七哀枯株不蕭瑟枝幹虛崔嵬伊昔

臨大道歌鍾醉高臺臺今已平地秖有春風迴明月白草

死積陰荒壠摧聖賢亦如此慟絶眞悠哉

讀黃帝陰符經寄鹿門子　龜蒙

清晨整冠坐朗詠三百言備識天地意獻詞犯乾坤何事不

隱德降靈生軒轅口銜造化斧鑿破機關門五賊忽迸逸

萬物爭崩奔虛施神仙要莫救華池源但學戰勝術相高

甲兵屯龍蛇競起陸鬭血浮中原成湯與周武反覆更爲

尊下及秦漢得瀆弄兵亦煩姦強自林據仁弱無枝蹲狂

喉恣吞噬逆翼爭飛翻家家伺天發不肯匡浮昏生民墜

塗炭比屋爲寃魂秖爲讀此書大樸難久存微臣與軒轅

亦是萬世孫未能窮意義豈敢求瑕痕曾亦愛雨句可與
賢達論生者死之根死者生之根方寸了十字萬化皆脉渾
身外更何事眼前徒自喧黄河但東注不見歸崑崙晝短
苦夜永勸君傾一樽

奉和讀陰符經見寄　　日休

三百八十言出自伊祁氏上以生神仙次云立仁義玄機一以發
五賊紛然起結爲日月精融作天地髓不測似陰陽難名
若神鬼得之昇高天失之沈厚地具茨雲木老大塊煙霞委
自顓頊以降賊爲聖人執堯乃一庶人得之賊帝摯摯見其
德尊脱身授其位舜惟一鰥民冗冗作什器得之賊帝堯
白丁作天子禹本刑人後以功繼其嗣得之賊帝舜用以平
洚水自禹及文武天機搭然弛姬公樹其綱賊之爲聖智聲

詩川競大禮樂山爭峙爰從幽厲餘宸極若孫稱九代與大
彘諸侯實虎兕五星合其耀白日下闕里由是生聖人於焉當
亂紀黄帝之五賊拾之若青紫高揮春秋筆不可刊一字賊
子虐甚浙姦臣痛於箠至今千餘年蚩蚩受其賜時代更復
改刑政崩且陊余將賊其道所動多訿毁叔孫與臧倉賢聖
多如此如何黄帝機吾得多坎蹟縱失生前禄亦多身後利
我欲賊其名垂之千萬祀

初夏遊楞伽精舍　日休

越艇輕似萍漾漾出煙郭人聲漸疎曠天氣忽寥廓伊余
愜斯志有似劇癖瘼遇勝即夷猶逢幽且淹泊俄然棹深處
虚無倚巖崿霜毫一道人引我登龍閣當中見壽象欲禮
光紛箔珠幡時相鏗恐是諸天樂樹杪見觚稜林端逢赭

垔千尋井猶在萬祀靈不涸下通蛟人道水色黮而惡欲照
六藏驚將窺百骸愕揭去山南嶺其險如邛笮悠然放吾
興欲把青天摸紫藤垂劉珥紅荔懸纓絡蘚厚滑似漿峯
尖利如鍔斯須到絕頂似愈漸離燿一片太湖光只驚天漢
落梅風脫綸帽乳水透芷屩嵐姿與波彩不動渾相著既
不暇供應將何以酬酢却來穿竹逕似入青油幕宂恐水君
開龕龍如鬼工鑿窮幽入茲院前楯臨巨壑遺畫龍奴獰殘香
蟲篆薄褫魂窺玉鏡澄慮聞金鐸雲態共縈留鳥言相許
諾古木勢如虺近之恐相蠚怒泉聲似激聞之意爭博時禽
倏已嘿衆籟蕭然作遂令不羈性戀此如纏縛念彼上人者
將生付寂寞曾無慮橈事肯把心源度胡爲儒家流没齒
勑且各本族本不冠朱是某生措言亍无星周妻屋下司乇

願力儻不遺請作華林鶴

奉和初夏遊楞伽精舍次韻　龜蒙

吴都涵汀洲碧液浸郡郭微雨蕩春醉上下一清廓奇蹤欲探討靈物先瘵瘼飄然蘭葉舟旋倚煙霞泊吟譚亂篙櫓夢寐雜巘崿纖情不可逃洪筆難暫閣豈知楞伽會乃在山水箔金仙著書曰世界名極樂薝蔔冠諸香琉璃代華堊禽言經不輟象口川寧涸萬善峻爲城巉巉扞羣惡清晨欲登造安得無自愕險穴駭坤牢高蘿挂天笮池容澹相向蛟怪如可摸苔蔽石髓根蒲差水心鍔嵐侵答摩髻日照狻猊絡仰首乍眩旋迴眸更煇燿薝端凝去飛羽磴外浮碧落到迴解風襟臨幽濯雲屩塵機性非便靜境心所著自取海鷗知何煩尸祝酢峯圍震澤岸翠浪舞綃幕

瀲灎豈堯遭峨㠥非禹鑿㵍聽鐘梵處别有松桂壑靄
重燈不光泉寒網猶薄僮能蹋孤剎鳥慣親攤鐸服道身
可遺乞閑心已諾人間亦何事萬態相毒蠹戰壘競高深
儒衣謾褒博宣尼名位達未必春秋作管氏包霸圖須人
解其縛伊余采樵者蓬藋方索漠近得風雅情聊將聖賢
度多君富遒采識度兩清恪詎寵生滅詞肯教夷夏錯未
爲堯舜用且向煙霞託我亦擺塵埃他年附鴻鶴

公齋四詠

小松　　日休

婆娑只三尺移來白雲逕亭亭向空意已解凌遼敻葉
健似虬髯須枝脆如鶴脛清音猶未成紺彩空不定陰圓小
芝蓋鱗歮㵎荷柄先愁被鷃搶預恐遭蝸病結根幸得

地且免鄙離映磥砢不難遇在保晩成性一日造明堂爲君當畢命

小桂

一子落天上生此青壁枝欻從山之幽斸斵雲根移勁挺隱珪質盤珊緹油姿葉彩碧髓融花狀白毫㲯稜層立翠節偃蹇樛青螭影濸雪霽後香泛風和時吾祖在月窟孤貞能見貽顧老君子地不敢辭喧卑

新竹

笠澤多異竹移之植後楹一架三百本緑沈森㝠㝠圓緊珊瑚節釤利翡翠翎儼若青帝仗矗如紫姑屏槭槭微風度漠漠輕靄生如神語鈞天似樂奏洞庭一翫九藏冷再聞百骸醒有根可以執有箙音福竹譜云竹實也可以馨顧稟君子操

不敢先凋零

鶴屏

三幅吹空縠孰寫仙禽狀氄耳側似聽（相鶴經云氄耳則聽響遠）赤精曠如望（露眼赤精則眎遠）引吭看雲勢翹足臨池様頗似近蓐席還如入方丈盡日空不鳴窮年但相向未許子晉乘難教道林放貌既合羽儀骨亦符法相顧外君子堂不必思崑閬

奉和公齋四詠次韻

小松　　龜蒙

擢秀逋客巖遺根飛鳥遻因求飾清閟遂得辭危㟪貞同栢有心至若珠無脛枝形短未怪鬣數差難定（名山記云松有兩鬣三鬣七鬣者言如馬鬣形也言粒者非）況密三天風方遵四時柄那興培塿嘆免荅鄰里病微霜靜可分片月疎堪映奇當虎頭筆韻叶通明

性會拼陽烏曾掄枝膺帝命

小桂

諷賦輕八植擅名方一枝才高不滿意更自寒山移宛宛別雲態蒼蒼出塵姿煙歸助華杪雪點迎芳蕤青條坐可結白日如奔螭諒無劉鸎前羽憂即是蕭森時洛浦雖有蔭騷人聊自怡終爲濟川檝豈在論高卑

新竹

別塢破苔蘚嚴城樹軒楹恭聞稟璇璣化質離青冥竹璇璣王精受氣於玄軒之宿色可定雞頭實堪招鳳翎立窺五嶺秀坐對三都屛晴月窈窕入曙煙霏微生昔者尙借宅況來處賓庭金罍縱傾倒碧露還鮮醒若非抱苦節何以偶惟馨徐觀稚龍出更賦錦苞零

鶴屏

時人重花屏獨即胎化狀叢毛練分彩踈節筇相望八公相鶴經云大毛落叢毛生其色如雪又云高脚踈節則多跛也曾無氄氋態頗得連軒樣勢擬愴高尋身猶在函丈如憂雞鶩鬬似憶煙霞向麈世任縱横霜襟自開放空資明遠思不待浮丘相何由振玉衣一舉棲瀛閬

覽皮先輩盛製因作十韻以寄用伸嘆仰

前進士崔璐

河嶽挺靈異星辰精氣殊在人爲英喆與國作禎符襄陽得奇士俊邁眞龍駒勇果魯仲由文賦蜀相如渾浩江海廣葩華桃李敷小言入無間大言塞空虛幾人遊赤水夫子得玄珠鬼神爭奧祕天地借洪鑪既有曾參行仍兼君子儒吾知上帝意將使居黄樞好保千金體須爲萬姓謨

奉詶次韻　日休

伊余幼且賤所禀自以殊弱歲謬知道有心匡皇符意超海上鷹運踞轅下駒縱性作古文所爲皆自如但恐才格劣敢誇詞彩敷句句考事實篇篇窮玄虛誰能變羊質競不獲驪珠粤有造化手曾開天地鑪文章鄴下秀氣貌淹中儒展我此志業期君持中樞蒼生眼穿望勿作磻溪謨

奉和因贈至一百四十言　龜蒙

孔聖鑄顏事垂之千載餘其間王道乖化作荆榛墟天必授賢哲爲時攻翦除軻雄骨已朽百氏徒趑趄近者韓文公首爲開闢鋤夫子又繼起陰霾終廓如搜得萬古遺裁成十編書南山盛雲雨果序堆瓊琚偶此真籍客悠揚兩情攄清詞忽窈窕雅韻何虛徐唱既野芳坼詶還天籟踈

輕波掠翡翠曉露披芙蕖儷曲信寡和末流難嗣初空持一竿餌有意獻鯨魚

松陵集卷第二

松陵集卷第三

往體詩二十首

太湖詩　并序　日休

余頃在江漢嘗耨鹿門𢿙澗湖然而未能放形者抑志於道也爾後以文事造請於是南浮至二别涉洞庭廻觀敷淺源登廬阜濟九江由天柱抵霍嶽又自箕潁轉樊鄧陟商顏入藍關凡自江漢至于京千者十數俟繞者二萬里道之不行者有困辱危殆志之可適者有山水遊玩則休戚不孤矣咸通九年自京東遊復得宿太華樂荆山賞女几度轘轅窮嵩高入京索浮汴渠至揚州又航天塹從北固至姑蘇噫江山幽絶見貴于地誌者余之所到不翅于半則煙霞魚鳥林巒雲月可爲屬猒之具矣尚挧然於志者抑古聖人所謂蜀丁之性乎逸民之流乎余真㝵而爲也爾爰

聞震澤包山其中有靈異學黃老徒樂之多不返益欲一觀豁平生之鬱鬱焉十一年夏六月會大司諫清河公憂霖雨之爲患乃擇日休將公命禱于震澤祀事既畢神應如響於是太湖之中所謂洞庭山者得以恣討凡所歷皆圖籍稱爲靈異者遂爲詩二十章以志其事兼寄天隨子

初入太湖　從胥口入去州五十里

聞有太湖名十年未曾識今朝得遊泛大笑稱平昔一舍行胥塘盡日到震澤三萬六千頃千頃頗黎色連空淡無類照野平絶隟好放青翰舟堪弄白玉笛踈岑七十二巃嵷露子戢悠然嘯傲去天上搖畫鷁西風乍獵獵驚波罨涵碧倏忽雪陣吼須臾玉崖坼樹動爲蜃尾山浮似鼇脊落照射鴻溶清輝蕩抛擲雲輕似可染霞爛如堪摘漸搷無處

挽帆從所適，枕下聞澎汃。肌上生瘮㾕，討異足邅迴。尋幽多阻隔，願風與良便。吹入神仙宅，甘將一蘊書。永事嵩山伯

曉次神景宫

夜半幽夢中，扁舟似鳧躍。曉來到何許，俄倚包山脚。三百六十丈，攢空利如削。遐瞻但徙倚，欲上先矍鑠。濃露濕莎裳，淺泉漸（平）草屩。行行未一里，節境轉寂寞。靜逕浸泬寥，仙扉傍巖崿。松聲正清絶，海日方照灼。欻臨幽墟天，萬想皆擺落。壇靈有芝菌，殿聖無鳥雀。瓊幃自迴旋，錦旌空粲錯。鼎氣爲龍虎，香煙混丹雘。凝看出次雲，默聽語時鶴。綠書不可注，雲笈應無鑰。晴來鳥思喜，崦裏花光弱。天籟如擊琴，泉聲似摐鐸。清齋洞前院，敢負玄科約。空中悉羽章，地上皆靈藥。金醴可酣暢，玉豉堪咀嚼。存心服鷰胎，叩齒讀龍蹻。福地

七十二茲焉堪永託在獸之虎貙於蟲不毒蠚嘗聞擇骨録
仙誌非可作縁腸既朱髓青肝復紫絡伊余之此相天與
形皃惡每嗟原憲瘇常苦齊侯瘧終然合委頓剛亦慕寥
廓三茅亦嘗仕竟與珪組薄欲問包山神來賒少巖壑

入林屋洞

齋心已三日筋骨如煙輕署下佩金獸手中持火鈴幽塘
四百里中有日月精連亘三十六各各爲玉京自非心至誠必
被神物烹顧余慕大道不能惜微生遂招放曠侶同作
幽憂行其門纔函丈初若盤薄硎洞氣黒眣眈苔髮紅鬇
鬡試足值坎窞低頭避崢嶸攀縁不知倦怪異焉敢驚匍
匐一百步稍稍策可横忽然白蝙蝠來撲松炬明人語散澒洞
石響高玲玎脚底龍蛇氣頭上波濤聲有時若服匿偪仄如

見緗俄爾造平澮豁然逢光晶金堂似鑄出玉座如琢成前
有方丈沼凝碧融人晴雲漿湛不動甭露涵而馨漱之恐減
筭勺之必延齡愁爲三官責不敢携乃一甎昔云夏后氏於此
藏眞經刻之以紫琳祕之以冊曼期之以萬祀守之以百靈
焉得彼丈人竊之不加刑石篋一以出左神俄不扃禹書旣
之得吴國由是傾蘚縫纔半尺中有怪物腥欲去旣嘆喈將
迴又伶俜却遵舊時道半日出杳冥僂泥去惹石髓衣濕治
雲英玄籙乏仙骨青文無絳名雖然入陰宫不得朝上清對
彼神仙窟自猒濁俗形却憎造物者遣我騎文星

雨中遊包山精舍

松門亘五里彩畢高下絢幽人共躋攀勝事頗清便翣翣林
上雨隱隱湖中電薜帶輕束腰荷笠氐遮面縣⿱罒要黏湮露

穿衣落霜霰笑次度巖壑困中遇臺殿老僧三四人梵字十
數卷施稀無夏屋境僻乏朝膳散髪抵泉流支頤數雲片坐
石忽忘起捫蘿不知倦異蝶時似錦幽禽或如鈿篥篣還戛
刃栟櫚自摇扇俗態既斗藪野情空眷戀道人摘芝菌爲余
備午饌渴與石榴羹飢愜胡麻飯如何事于役兹遊急於傳
却將塵土衣一任瀑絲濺

遊毛公壇

却上南山路松行儼如廡松根礙幽逕孱顔不能斧擺僂
跨亂雲側巾蹲怪樹三休且半日始到毛公塢兩水合一澗
潨崖却爲浦相敵百千戟共攂十萬鼓噴散日月精射破
神仙府唯愁絶地脉又恐折天柱一窺耳目眩再聽毛髪豎
次到鍊丹井井幹翳宿莽下有蘂剛丹勺之百疾愈凝於

白獺髓湛似桐馬乳黃露醒齒牙碧石粘甘肺腑檜異松復
怪枯踈牙撐柱乾蛟一百丈髐然半天舞下有毛公壇壇方
不盈畝當時雲龍篆一片苔蘚古（有劉先生鎮壇符今存于堂）時時仙禽
來忽忽祥煙聚我愛周息元忽起應明主（周徵君名息元）三諫却歸
來迴頭唾珪組伊余何不幸斯人不復覩如何大開口與
世爭枯腐將山待麥娥以肉投猰貐欻坐侵桂陰不知已
與午玆地足靈境他年終結宇敢道萬石君輕於一絲縷

三宿神景宮

古觀岑且寂幽人情自怡一來包山下三宿湖之湄況此深
夏夕不逢清月姿玉泉浣衣後金殿添香時客省高且敞
客牀蟠復奇石枕冷入腦笋席寒侵肌氣清寐不著起坐
臨皆犀公会忽散照蜀見螢火芝素鶴警散露与蓮玥揞

池窻櫺帶乳蘚壁縫含雲莛閒磬走魍魎見燭奔羇雌虒
𨗑欲滴瀝芭蕉未離披五更山蟬響醒發如吹箎杉風忽
然起飄破步虛詞道客巾屨㨾上清朝禮儀明發作此事
豈復甘趨馳

以毛公泉一餅獻上諫議因寄

劉根昔成道茲塢四百年毿毿被其體號爲綠毛仙因思
清泠汲鑿彼岝崿巔五色既鍊矣一勺方鏗然既用文武火
俄窮雌雄篇赤鹽撲紅霧白華飛素煙服之生羽翼倐爾
沖玄天眞隱尚有迹厥祀將近千我來討靈勝到此期終
焉滴苦破竇淨蘚深餘甃圓澄如玉髓絜泛若金精鮮顏
色半帶乳氣味全和鉛飲之融痞蹇濯之伸拘攣有時翫
者觸倐忽風雷顛素綆絲不短越罌腹甚便汲時月液動

擔處玉漿旋敢獻　大司諫置之鈴閣前清如介潔性滌比
掃蕩權炙背野人興亦思侯伯憐也知飲冰苦願受一缾泉

縹緲峯

頭戴華陽帽手柱大夏筇清晨陪道侶來上縹緲峯帶
露嗅藥蔓和雲尋鹿蹤時驚鼯鼠飛上千丈松翠碧
内有室叩之虛硿隆（上音冬反下音隆）古穴下徹海視之寒鴻濛遇歇
有佳思緣危無倦容須臾到絶頂似鳥穿樊籠恐足蹈海
日疑身凌天風衆岫點巨浸四方接圓穹似將青螺髻撒在
明月中片白作越分孤嵐爲吴宫一陣鼚鼞氣隱隱生湖
東激雷與波起狂電將日紅（工）礊石礊雨點大金鶻轟轒下空㬥光
隔雲閃髣髴亘天龍連拳百丈尾下拔湖之洪捽爲一雪山
欲與昭回通移時却擴下細碎衡與嵩神物諒不測絶景尤

難窮杖策下反照漸聞仙觀鍾煙波濆肌骨雲壑闐心胷
竟死愛未足當生且歡逢不然把天爵自拜太湖公

桃花塢

寅緣度南山嶺盡日穿林樾窮深到茲塢逸興轉超忽塢
名雖然在不見桃花發恐是武陵溪自閑仙日月倚峯小精
舍當嶺殘耕伐將洞任迴環把雲恣披拂閑禽啼叫篠險
狖眠硉矹微風吹重山嵐碧埃輕勃勃清陰滅鶴睡秀色治
人渴敲竹鬬錚摐弄泉爭咽嗢空齋蒸栢葉野飯調石髮
空羨茨塢中人終身無履韈

明月灣

曉景澹無際孤舟恣迴環試問最幽處号爲明月灣半巖
翡翠巢望見不可攀柳弱下絲網藤深垂花鬘松瘿忽似

犺石文或如戲釣壇兩三處苔老腥徧班沙雨幾處霽水禽相向閑野人波濤上白屋幽深聞曉培橘栽去暮作魚梁還清泉出石砌好樹臨柴關對此老且死不知憂與患好境無處住好處無境刪赧然不自適脉脉當湖山

練瀆 呉王所開

呉王猷得國所玩終不足一上姑蘇臺猶自嫌局促艅艎六宮闊艨衝後軍肅一陣水麝風空中蕩平淥鳥困避錦帆龍跧防鐵軸流蘇惹煙浪羽旆飄巖谷靈境太蹂踐因兹塞林屋空闊嫌太湖崎嶇開練瀆三尋齾石齒數里穿山腹底靜似金膏礫碎如丹粟波殿鄭妲醉蟾閣西施宿幾轉舍煙舟一唱來雲曲不知欄楯上夜有越人鏃君王掩面死嬪御不敢哭艷魄逐波濤荒宮養麋鹿國破溝亦淺代

變草空緑白鳥都不知朝眠還暮浴

投龍潭 在龜山

龜山下最深惡氣何洋溢涎木爆龍巢腥風卷蛟室曉來林岑靜獰色如怒日氣涌撲臭煤波澄掃純漆下有水君府貝闕先櫛比左右列介臣縱橫守鱗卒月中珠母見煙際颯人出生犀不敢燒水怪恐摧踔時有慕道者作彼投龍術端嚴持碧簡齋戒揮紫筆兼以金蜿蜒投之光燄律琴高坐赤鯉何許縱仙逸我願與之遊茲焉託靈質

孤園寺 梁散騎常侍吴猛宅

艇子小且兀緣湖蕩白芷縈紆泊一碕宛到孤園寺蘿島凝清陰松門湛虛翠寒泉飛碧螭古木鬬蒼兕鐘梵在水魄樓臺入雲肆巖邊足鳴鑾樹杪多飛鷗香莎滿院落風

泛金霏靡靜鶴啄栢蠹閑猱弄榅　小殿薰陸香古經貝多紙老僧方瞑坐見客還強起指茲正險絶何以來到此先言洞壑數次話眞如理磬韻醒閑心茶香凝皓齒巾之劫貝布饌以旃檀餌數刻得倩淨終身欲依止可憐陶侍讀身列丹臺位雅號曰勝力亦聞師佛氏陶隱居常夢見佛謂己曰爾當七地大王号曰勝力也今日到孤園何妨稱弟子

上眞觀

逕盤在山肋繚繞窮雲端擿菌杖頭紫緣崖屐齒刓半日到上眞洞宮知造難雙戶啓眞景齋心方可覯天鈞鳴響亮天禄行蹣珊琪樹夾一逕萬條青琅玕兩松峙庭際怪狀吁可嘆大蟒騰共結脩蛇飛相盤皮膚坼甲冑枝節擒猵犴虓虒似天裂朽中如井眢襹褷風聲[疒堯]跁跒地力痑音難

根上露鉗釱空中狂波瀾合時若奔蒼鬬處如轘轅儼對
無霸陣靜問嚴陵灘靈飛一以護山都焉敢干兩廊絜寂
歷中殿高巑岏靜架九色節閑懸十絶幡微風時一吹百寶
清闌珊昔有葉道士位當昇靈官欲箋紫微志唯食虹景
丹既逐隱龍去道風猶此殘猶聞絳目草往往生空壇羽客
兩三人石上譚泥丸謂我或龍胄粲然與之懽衣巾紫華
冷食次白芝寒自覺有眞氣恐隨風力摶明朝若更佳必
擬隱儒冠

銷夏灣

太湖有曲處其門爲兩崖當中數十頃別如一天池號爲銷
夏灣此名無所私赤日莫斜照清風多遥吹沙嶼掃粉墨
松竹調塡篪山果紅靺鞨水苔清髬髵木陰厚若瓦巖磴

滑如飴我來此遊息夏景方赫曦一坐盤石上肅肅寒生肌
小艖或可泛方言云小舸謂之艖短策或可支行蘺翠羽起坐見白蓮披
歛袖弄輕浪解巾敵涼颸但有水雲見更餘沙禽知京洛往
來客暍死緣奔馳此中便可老焉用名利爲

包山祠

白雲最深處像設盈巖堂村祭足茗糈水奠多桃漿箬籧
窔古砌薜荔縋頹墻爐灰寂不然風送杉桂香積雨晦州里
流波漂稻粱公惟大司諫憫此如發狂命予傳明禱祇事實
不遑一奠若肹蠁再祝如激揚出廟未半日隔雲逢澹光
虁虁雨點少漸收羽林搶忽然山家犬起吠白日傍公心與神
志相向如玄黃我願作一疏奏之于穹蒼留神千萬祀求福
吴封疆

聖姑廟 在大姑山晉王彪二女相次而歿有靈因而廟焉

洛神有靈逸古廟臨空渚暴雨駁丹青荒蘿繞梁梠野風旋芝蓋飢烏銜椒糈寂寂落楓花時時鬬鼯鼠常云三五夕盡會妍神侶月下留紫姑霜中召青女俄然響環珮倏爾鳴機杼樂至有聞時香來無定處目瞪如有待魂斷空無語雲雨竟不生留情在何處

太湖石 出黿頭山

玆山有石岸抵浪如受屠雪陣千萬戰蘚巖高下剗乃是天詭怪信非人功夫白丁一云取難甚網珊瑚厥狀復若何鬼工不可圖或拳若虺蜴或蹲如虎貙連絡若鉤鏁重疊如萼跗或若巨人骼或如太帝符胮肛篔簹笱格磔琅玕株斷處露海眼移來和沙鬚求之煩耄倪載之勞舳艫通

侯一以聘貴却驪龍珠厚賜以賝賮遠去窮京都五侯士山下要爾添品藻賞玩若稱意爵禄行斯須苟有王佐士崛起於太湖試問欲西笑得如茲石無

崦裏　傍龜山下有良田二十頃

崦裏何幽奇膏腴二十頃風吹稻花香直過龜山頂青苗細膩卧白羽悠溶靜塍畔起鸊鵜田中通舴艋幾家傍潭洞孤戍當林嶺罷釣時煑菱停繰或焙茗峭然八十老生計於此永苦力供征賦怡顏過朝暝洞庭取異事包山極幽景念爾飽得知亦是遺民幸

石板　在石公山前

翠石數百步如板漂不流空疑水妃意浮出青玉洲中若瑩龍鈎外唯疊蛇矛狂波忽然死浩氣清且浮以將翠黛

色抹破太湖秋安得三五夕携乃酒棹扁舟召取月夫人嘯歌於上頭又恐霄景闊虛皇拜仙侯欲建九錫碑立當十二樓瓊文忽然下石板誰能留此事少知者唯應波上鷗

奉和太湖詩二十首　龜蒙

初入太湖

東南具區雄天水合爲一高帆大弓滿羿射爭箭疾時當暑雨後氣象仍鬱密作如開彫笯（音奴籠也）聳翅怒飛出行將十洲近坐覺八極溢耳目駭鴻濛精神寒佶栗坑來斗呀豁涌處驚嵳崒嶮異拔龍湫喧如破蛟室斯須風妥怗若受命平秩微茫識端倪遠嶠疑格（音閣）筆巉巉見銅闕（湖中穹崇山有銅闕）左右皆輔弼盤空儼相趨去勢猶橫逸嘗聞咸池氣下注作清質至今涵赤霄尚且浴白日（太湖上禀咸池五東之氣故一水五名也）又云構浮五宛與崑

閬匹肅爲靈官家此事難致詰太湖乃仙家浮玉之北堂纔迎沙嶼好指顧俄已失山川互蔽虧魚鳥空聱語彪反耴魚乙反何當授眞檢得召天吴術一一問朝宗方應可譚悉

曉次神景宫

曉帆逗碕岸高步入神景灑灑襟袖清如臨蘂珠屏雖然群動息此地常寂靜翠鑷有寒鏘碧花無定影湧軒羽人傲夾戶天獸猛稽首朝元君褰衣就虛省呀空雪牙利漱水石齒冷香母未垂嬰芝田不論頃遥通河漢口近撫松桂頂飯薦十白蔬杯釃九光杏人間附麼蹻固陋眞鉗頸肯信抃鼇傾猶疑夏蟲永玄津蕩瓊龍紫录啼金鼎盡出冰霜書期君一披省

入林屋洞

知名十小天林屋當第九人間三十六洞天知名者十五餘二十六天出九微志未行於世題之爲左

神理之以天后林屋洞爲左神幽虛之天即天后眞君之便闕魁堆辟邪輩在右專備守

自非方瞳人不敢窺洞口唯君好奇士復嘯忘情友致傘在

風林低冠入雲竇貫中深劇苔井傍坎纔藥臼石角忽支頤

藤根時束肘初爲大幽怖漸見微明誘屹若造靈封森如

達仙藪嘗聞白芝秀狀與琅花偶又坐紫泉光甘如酌天

酒白芝紫泉皆此洞所出乃神仙之飲餌非常人所能得何人能挹嚼餌以代漿糗却笑探

五符徒勞步雙斗眞君不可見焚與空遲久眷戀玉碣文

行行但廻首

雨中遊包山精舍

包山信神仙主者上眞職及棲鍾梵侶又是淸涼域乃知煙

霞地絕俗無不得巖開一逕分栢擁深殿黒僧閑若圖畫

像古非雕刻海客施明珠湘鬘料平淨食有魚皆玉尾有鳥盡金臆手携鞞鐸佉唐言揚披若在中印國千峯殘雨過萬籟清且極此時空寂心可以遺智識知君戰未勝尚倚功名力却下聽經徒生公有聽經石孤帆有行色

毛公壇

古有韓終道授之劉先生身如碧鳳皇羽翼披輕輕先生盛驅役臣伏甲與丁勢可倒五嶽不唯鞭羣靈飄飄駕翔螭白日朝太清空遺古壇在稠疊煙蘿屏遠懷步綱夕列宿森然明四角鎮露獸三層差羽嬰迴眸眄七炁運足馳踈星象外眞既感區中道俄成邇來向千祀雲嶠空崢嶸石上橘花落石根瑤草青時時白鹿下此外無人行我訪岑寂境自言齋戒精如今君安死字君安魂魄猶膻腥有筊皆綠字

有芝皆紫莖相將望瀛島浩蕩凌滄溟

三宿神景宮

靈蹤未偏尋不覺谿色暝迴頭問棲所稍下杉蘿逕巖居更幽絕澗戶相隱映過此即神宮虛堂愜雲性四軒盡踈達一榻何清零去髣髴聞玉笙敲鏗動涼磬風凝古松粒露墜脩荷柄萬籟既無聲澄明但心聽希微辨眞語若授虛皇命尺宅按來平華池漱餘淨頻窺宿羽麗三吸晨霞盛豈獨冷衣襟便堪遺造請徒探物外趣未脫塵中病舉手謝靈峯倘佯事歸榜

以毛公泉獻大諫清河公

先生鍊飛精羽化成翩翻荒壇與古甃隱軫清泠存四面蹙山骨中心含月魂除非紫水脉即是金沙源香實灑桂蘗甘

惟遺雲根向來探幽人酌罷祛蒙昏況公珪璋質近處諫諍垣又聞虛靜姿早挂冰雪痕君對瑤華味重獻蘭薰言當應滌煩暑朗詠翬飛軒我願得一掬攀天叫重閽霏霏散爲雨用以移焦原

縹緲峯

左右皆跳岑孤峯挺然起因思縹緲稱乃在虛無裏清晨躋磴道便是孱顏始據石即更歌遇泉還從倚花奇忽如薦樹曲渾成几樂靜煙靄知忘機猿狖喜頻攀峻過斗末造平如砥舉首閡青冥迴眸聊下睎高帆大於鳥廣墠（徒旦）纔類蟻就此微茫中爭先未嘗已葛洪話剛氣去地四十里苟能乘之遊止若道路耳吾將自峯頂便可朝帝扆盡欲活君羣生不唯私一已超騎明月餘復弄華星蘂却下蓬萊

眞重窺清淺水身爲大塊客自號天隨子他日向華陽高

雲問名氏

桃花塢

行行問絕境貴與名相親空經桃花塢不見秦時人願此爲東風吹起枝上春願此作流水潛浮蘂中塵願此爲好鳥得棲花際鄰願此作幽蝶得隨花下賓朝爲照花日暮作涵花津試爲探花士出作偷桃臣桃源不我棄庶可全天眞

明月灣

昔聞明月觀（在建業故臺城）秖傷荒野基今逢明月灣不值三五時擇此二明月洞庭看最奇連山忽中斷遠樹分毫氂周廻二十里一片澄風漪見說秋半夜淨無雲物欺兼之星斗

藏獨有神仙期初聞鏘鐐銚音跳積漸調參差空中卓羽衛波
上停龍螭縱舞玉煙節高歌碧霜詞清光悄不動萬象寒
咿咿此會非俗致無由得旁窺但當乘扁舟酒甆仍相隨
或徹三弄笛或成數聯詩自然瑩心骨何用神仙爲

練瀆　一云吳王開以練兵

越恃君子衆大將壓全吳越有私卒君子六千人吳將派天澤以練舟師徒
一鏡止千里支流忽然迂蒼鼇東洪波坐似馮夷驅戰艦百
萬輦浮宮三十餘平川盛丁寧絕島分儲胥鳳押半鶴膝
錦杠雜肥胡香煙與殺氣浩浩隨風驅彈射盡高鳥杯觥
醉潛魚山靈恐見鞭水府愁爲墟兵利德日削反爲儲國
屠至今鈎鏃殘尚與泥沙俱照此月倍苦來茲煙亦孤丁魂
尚有戾合麗青風古

投龍潭

名山潭洞中自古多祕邃君將接神物聊用申祀事鎔金象牙角尺木無不備亦旣奉眞官因之徇前志持來展明誥虔以投嘉瑞鱗光煥水容目色燒山翠吾皇病秦漢豈獨探怪異所貴風雨時民皆受其賜良田爲巨浸汚澤成赤地掌職一不行精靈又何寄唯貪血食飽但據驪珠睡何必費黄金年年授星使

孤園寺

浮屠從西來事者極梁武巖巖幽與水曲結構無遺土窮山林斡盡竭海珠璣聚況即侍從臣敢愛煙波塢幡條玉龍扣殿角金虬舞糯子𢧵樓臺生人露風雨今來四百載像設藏雲浦輕鴿亂馴鷗鳴鍾和朝櫓庭蕉裂旗旆野蔓叉老

纓組石上解空人窻前聽經虎林虚葉如戲水淨沙堪數
徧問得中天歸修釋迦譜

上眞觀

嘗聞昇三清眞有上中下官居乘佩服一一自相亞霄裙或
霞粲侍女忽玉姹坐進金碧腴去馳飈欻駕今來上眞觀
恍若心靈訝祇恐暫神遊又疑新羽化風餘撼朱草雲破
生瑶榭望極覺波平行虚信煙藉閑閑飛龜帙靜倚宿
鳳架俗狀既能遺塵冠聊以卸人間方大火此境無朱夏松
蓋蔭日車泉紳拖天罅窮幽不知倦復息芝園舍鏘珮引
凉姿焚香禮遥夜無情走聲利有志依閑暇何處好迎
僧希將石樓借

銷夏灣

霞島焰難泊雲峯奇未收蕭條千里灣獨自清如秋古岸
過新雨高蘺維蔭橫流遥風吹蒹葭折處鳴颼颼昔子守圭
竇過於回禄因日爲籧篨笛徒渠曲二音蕈之異名分作祬裯䚾攸刀二音並單衣顒
狎寒水怪不封朱轂侯豈知煙浪涯坐可思重裘健若數
尺鯉泛然雙白鷗不識號火井孰問名焦丘我眞魚鳥家
盡室營扁舟遺名復避世消夏還消憂

包山祠

静境林麓好古祠煙靄濃自非通靈才敢陟羣仙峯百
里波浪沓中堂簫鼓重眞君具瓊轝髣髴來相從清露濯
巢鳥陰雲生晝龍風飄橘柚香日動幡蓋容將命禮且潔
所祈年不凶終當以疏聞特用諸侯封

聖姑廟

渺渺洞庭水盈盈芳嶼神因知古佳麗不獨湘夫人流蘇蕩遥吹斜嶺生輕塵蜀綵駮霞碎吳綃盤霧勻可憐飛鸞姿合是乘鸞賓坐想煙雨夕兼之花草春空登油壁車窈窕誰相親好贈玉條脫堪攜紫綸巾殷勤撥香池重薦汀洲蘋明朝動蘭檝不翅星河津

太湖石

他山豈無石厥狀皆可薦端然遇良工坐使天質變或裁基棟宇礧砢成廣殿或剖出温瑜精光具華瑱或將破仇敵百礮資苦戰或用鏡功名萬古如會面今之洞庭者一以非此選槎牙眞不材反作天下彦所奇者嵌崆所尚者蔥蒨旁穿參洞穴内竅均環釧刻削九琳窗玲瓏五明扇新彫碧霞段旋剖秋天片無力置池塘臨風只流眄

巷裏
山横路若絶轉櫼逢平川川中水木幽高下兼良田溝塍墮
黴淄桑柘含疎煙處處倚蠶箔家家下漁筌騃犢臥新莎
野禽爭折蓮試招搔首翁共語殘陽邊今來九州内未得
皆恬然賊陣始吉語狂波又凶年吾翁欲何道守此常安
眠笑我掉頭去蘆中聞刺船余知隱地術可以齊眞仙終
當從之遊庶復全於天

石板

一片倒山屛何時隳洞門屹然空闊中萬古波濤痕我意
上帝命持來壓泉源恐爲庚辰官囚怪力所掀又疑廣袤
次零落潛鼇奔不然遭霹靂強半沈無垠如何造化首便
截秋雲根往事不足問奇蹤安可論吾今病煩暑據簟

嘗昏昏欲從石公乞石板在石公山前瑩理平如璊前後植桂檜東西置琴樽盡推乃天壤徒浩唱羲皇言

松陵集卷第三

松陵集卷第四　往體詩一百十二首

漁具詩　并序　　龜蒙

天隨子獻于海山之顏有年矣矢漁之具莫不窮極其趣大凡結繩持綱者揔謂之網罟之流曰罛曰罾曰罺側交反圓而縱捨曰罩挾而昇降曰䍡女減反緍而竿者揔謂之筌筌之流曰筒曰車橫川曰梁承虛曰笱編而沈之曰箄音卑矛而卓之曰矠音冊矛也棘而中之曰叉鏃而綸之曰射扣而駭之曰桹以薄板置瓦器上繫之以驅魚罝而守之曰神鯉魚滿三百六十歲蛟龍輒率而飛去年置一神守之則不能去矣神龜也列竹於海澨曰滬吳之滬瀆是也錯薪於水中曰篸槮所載之舟曰舴艋所貯之器曰笭箵其他或術以招之或藥而盡之皆出於詩書雜傳及今之聞見可考而驗之不誣也今擇其任詠者作十五題以風意矣漁之具也如此余既歌之矣天民之具也如彼生土

嗣之鹿門子有高灑之才以爲我后作

網

大罟網目繁空江波浪黑沈沈到波底恰共波同色牽時萬鬐入已有千鈞力尚悔不橫流恐他人更得

罩

左手揭圓罛輕橈弄舟子不知潛鱗處但去籠煙水時穿紫屏破忽值朱衣起松江有朱衣鮒貴得不貴名敢論魴與鯉

罱

有意烹小鮮乘流駐孤棹雖然煩取捨未肯求津要多爲蝦蜆誤已分鵁鶄笑寄語龍伯人荒唐不同調

釣筒

短短截筠光悠悠卧江色蓬差櫓相應雨慢煙交織須臾

中芳餌迓疾如飛翼彼竭我還浮君看不爭得

釣車

溪上持隻輪溪邊指茅屋閑乘風水便敢議朱丹轂高多
倚衡懼下有折軸速曷若載逍遥歸來卧雲族

魚梁

能編似雲薄横絶清川口缺處欲隨波波中先置笱投身
入籠檻自古難飛走盡日水濱吟殷勤謝漁叟

叉魚

春溪正含緑良夜才參半持矛若羽輕列燭如星爛傷鱗
跣窊藻碎首沈遥岸盡族洑東流傍人作佳翫

射魚

彎弓注碧潯掉尾行凉沚青楓下晚照正在澄明裏抨

弦斷荷扆濺血殷菱蘂若使禽荒聞移之暴煙水

鳴榔

水淺藻荇澁釣罩無所及鏗如木鐸音勢若金鉦急敺之
就深處用以資俯拾搜羅爾甚微遁去將何入

滬

萬植禦洪波森然倒林薄千顱咽雲上過半隨潮落其
間風信背更值雷聲惡天道亦裒多吾將移海若

槮

斬木置水中枝條互相蔽寒魚遂家此自以爲生計春冰
忽融冶盡取無遺裔所託成禍機臨川一凝睇

種魚

鑿池收赬鱗疎疎置雲嶼還同汗漫遊遂以江湖處如非

一神守潛被蛟龍主蛟龍若無道跛鼈亦可禦

藥魚

香餌綴金鈎日中懸者幾盈川是毒流細大同時死不唯空飼犬便可將貽蟻苟負竭澤心其他盡如此

舴艋

蓬棹兩三事天然相與閑朝隨稚子去暮唱菱歌還倚石遷後侶徐橈供遠山君看萬斛載沈溺須臾間

笭箵

誰謂笭箵小我謂笭箵大盛魚自足飱寘璧能為害時將刷蘋浪又取懸藤帶不及署上金何勞問著蔡

奉和漁具十五詠　日休

網

晚挂溪上網映空如霧縠閑來發其機旋旋沈平綠下處
若煙雨牽時似崖谷必若遇鯤鮞從敎通一目

罩

笠鞋下葑中步步沉輕罩既爲菱浪颭亦被蓮泥膠人立
獨無聲魚煩似相抄滿手搦霜鱗思歸舉輕棹

罶

煙雨晚來好東塘下罶去網小正星蘂舟輕欲騰翥誰
知荇深後恰值魚多處浦口更有人停橈一延佇

釣筒

籠籦截數尺標置能幽絶從浮笠澤煙任臥桐江月絲
隨碧潭漫餌逐清灘發好是趂筒時秋聲正清越

釣車

得樂湖海志不猒華輈小月中抛一聲鷩起灘上鳥心將
潭底測手把波文裊何處覓奔車平波今渺渺

魚梁

波際插翠筠離離似清籞遊鱗到溪口入此無逃所斜臨楊
柳津靜下鸕鷀侶編此欲何之終焉富春渚

叉魚

列炬春溪口平潭如不流照見游泳魚一一如清晝中自碎
瓊碧毀鱗殷組繡樂此何太荒居然愧川后

射魚

注矢寂不動澄潭晴轉烘下窺見魚樂怳若翔在空鷩羽
決凝碧傷鱗浮殷紅堪將指杯術授與太湖公

鳥良

盡日平湖上鳴桹仍動槳丁丁入波心澄澈和清響鷺鷥聽
獨寂寞魚驚昧来往盡水無所逃川中有鈎黨

滬

波中植甚固𥓨𥓨如蝦鬚濤頭倏爾過數頃跳鯆鯚上通下夫不
是細羅密自爲朝夕驅空憐指魚命遣出海邊租

槮

伐彼槎蘖枝放於冰雪浦游魚趂煖處忽來相聚徒爲
棲託心不問庇麻主一旦懸鼎鑊禍機真自取

種魚

移土湖岸邊一半和魚子池中得春雨點點活如蟻一月便
翠鱗終年必頳尾借問兩綬人誰知種魚利

藥魚

吾無竭澤心何用藥魚藥見説放溪上點點波光惡食時競夷猶死者爭紛泊何必重傷魚毒涇猶可作

舴艋

闊處只三尺翛然足吾事低蓬挂釣車枯蚌盛魚餌只好擕桡坐唯堪蓋蓑睡若遣遂平生艅艎不如是

笭箵

朝空笭箵去暮實笭箵歸歸來倒却魚挂在幽窻扉但則蝦蜆氣欲生蘋藻衣十年佩此處煙雨苦霏霏

添漁具詩 并序　日休

天隨子爲漁具詩十五首以遺余凡有漁已來術之與器莫不盡於是也噫古之人或有溺於漁者行其術而不能言用其器而不能狀比與畢助之漁者又可異哉如今魯望之詩

想其致則江風海雨槭槭生齒牙間眞世外漁者之才也

余昔之漁所在洞上則爲庵以守之居峴下則占磯以待之江漢間時候率多雨唯以蓑笠自庇每伺魚必多俯簦笠不能庇其上由是織蓬以障之上抱而下仰字之曰背蓬今觀魯望之十五篇未有是作因次而詠之用以補其遺者漁家生具獲足於吾屬之文也

漁庵

庵中只方丈恰稱幽人住枕上悉魚經門前空釣具東竿將倚壁矖網還侵戶上洞有楊顒須留往來路

釣磯

盤灘一片石置我山居足窪處著箣笓（桂苑云取蝦具）竅中維艒䑿多逢沙鳥汚愛彼潭雲觸狂奴卧此多所以蹋帝腹

蓑衣

一領蓑正新著來沙塢中隔溪遙望見疑是綠毛翁襟色裛褋直葉反靄袖香襹褷風前頭不施袞何以爲三公

篛笠

圓似寫月魄輕如織煙翠涔涔向上雨不亂窺魚思攜來沙日微掛處江風起縱戴二梁冠終身不忘爾

背蓬

儂家背蓬樣似箇大龜甲雨中跼蹐時一向聽霎霎甘從魚不見亦任鷗相狎深擁竟無言空成睡齁䶎上虛溝反下虛甲反

奉和添漁具五篇　龜蒙

漁庵

結茅次煙水用以資嘯傲豈謂釣家流忽同禪室號羽馬思

山叟占晚有溪禽嫪華屋莫相非各隨吾所好

釣磯

揀得白雲根秋潮未曾没披拖坐鼇黿背散漫垂龍髮持竿從掩霧置酒復待月即此放神清何勞適吴越

蓑衣

山前度微雨不廢小澗漁上有青襏襫下有新腒踈滴瀝珠影泣離披嵐彩虛君看杖製者不得安吾廬

篛笠

朝携下楓浦晚戴出煙艇冒雪或平簷聽泉時仄頂颰移靄然色波亂危如影不識九衢塵終年居下洞

背蓬

敧手劈江筠隨身織煙縠沙禽固不知釣伴猶初覺閑

從翠微拂靜唱滄浪濯見說萬山潭漁童盡能學

樵人十詠 并序　　龜蒙

環中先生謂天隨子曰子與鹿門子應和爲漁具詩信盡其道而美矣共言樵漁者必聯其命稱且常爲隱君子事詩之言錯薪禮之言負薪傳之言積薪史之言束薪非樵者之實乎可不足以寄興詠獨缺其詞耶退作十樵以補其闕漏寄鹿門子

樵谿

山高谿且深蒼蒼但群木抽條欲千尺衆亦疑樸樕一朝蒙翦伐萬古辭林麓若遇燎玄穹微煙出雲族

樵家

草木黃落時比鄰見相喜門當清澗盡屋在寒雲裏山

棚日纔下野竈煙初起所謂順天民唐堯亦如此

樵叟

自小即胼胝至今凋鬢髮所圖山褐厚所愛山爐熱不知冠蓋好但信煙霞活富貴如疾顛吾從老巖穴

樵子

生自蒼崖邊能諳白雲養（去聲山家謂養柴地為養）纔穿遠林去已在孤峯上薪和野花束步帶山詞唱日暮不歸來柴扉有人望

樵逕

石脉青靄間行行自幽絶方愁山繞繚更值雲遮截爭推好林浪共約歸時節不似名利途相期覆車轍

樵斧

淬礪秋水清攜乃持遠山曙丁丁在前澗杳杳無尋處巢

傾鳥猶在樹盡猿方去授鉞者何人吾方易其慮

樵擔

輕無斗儲價重則筋力絶欲下半巖時憂襟兩如結風高勢還却雪厚疑中折負荷誠獨難移之贈來哲

樵風

朝隨早潮去暮帶殘陽返向背得清飈相追無近遠採山一何遂服道常苦蹇仙術信能爲年華未將晚

樵火

積雪抱松塢蠹根燃草堂深爐與遠燒此夜仍交光或似坐奇獸或如焚異香堪嗟宦遊子凍死道路旁

樵歌

縱調爲野吟徐徐下雲磴因知負樵樂不減援琴興出林

方自轉隔水猶相應但取天壤情何求郢人稱

奉和樵人十詠　日休

樵谿

何時有此谿應便生幽木橡實養山禽藤花蒙澗鹿不止

產蒸薪願當歌棫樸君知天意無以此安吾族

樵家

空山最深處太古兩三家雲蘿共夙世猨鳥同生涯衣服

濯春泉盤飡烹野花居玆老復老不解嘆年華

樵叟

不曾照清鏡豈解傷華髮至老未息肩至今無病骨家風

是林嶺世禄爲薇蕨所以兩大夫天年爲自伐

樵子

相約晚樵去跳踉上山路將花餌鹿麛以果投猨父束薪白雲濕負檐春日暮何不壽童烏果爲玄所誤

樵逕

蒙籠中一逕繞在千峯裏歌處遇松根危中值石齒花穿泉衣落雲拂芒鞋起自古行此途不聞顛與墜

樵斧

署閒揷大柯直入深溪裏空林伐一聲幽鳥相呼起倒樹去李父傾巢啼木魅不知仗鉞者除害誰如此

樵擔

不敢量樵重唯知益薪束軋軋下山時彎彎向身曲清泉洗得潔翠靄侵來綠看取荷戈人誰能似吾屬

樵風

野船渡樵客來往平波中縱横清颸吹旦暮歸期同蘋光
惹衣白蓮影涵薪紅吾當請封爾直作鏡湖公

樵火

山客地爐裏燃薪如陽輝松膏作濇思有反髓杉子爲珠璣響
誤擊刺閙焰疑孛彗飛傍邊煖白酒不覺濕冰垂

樵歌

此曲太古音由來無管奏多云採樵樂或説林泉侯一唱
疑閑雲再謡悲顧歎若遇採詩人無辭收鄙陋

酒中十詠 并序　日休

鹿門子性介而行獨於道無所全於才無所全於進無所
全於退無所全豈天民之惷者耶然進之與退天行未覺
於予也則有窮有辰有病有殆果安而受耶未若全於酒

也夫聖人之誡酒禍也大矣在書爲沈湎在詩爲童羖在禮爲豢豕在史爲狂藥余飲至酣徒以爲融肌柔神消沮迷喪頽然無思以天地大順爲隄封傲然不持以洪荒至化爲爵賞抑無懷氏之民乎葛天氏之臣乎茍沈而亂狂而后禍而族眞蚩蚩之爲也若余者於物無所斥於性有所適眞全於酒者也噫天之不全余也多矣獨以麴蘖全之抑天猶幸於遺民焉太玄曰君子在玄則正在福則沖在禍則反小人在玄則邪在福則驕在禍則窮余之於酒得其樂人之於酒得其禍亦若是而已矣於是徵其具悉爲之詠用繼東皐子酒譜之後夫酒之始名天有星地有泉人有鄉今揔而詠之者亦古人初終必全之義也天隨子深於酒道寄而請之和

酒星

誰遣酒旗耀天文列其位彩微甞似酣芒弱偏如醉唯憂
犯帝坐只恐騎天駟若遇卷舌星讒君應墮地

酒泉

羲皇有玄酒滋味何太薄玉液是澆漓金沙乃糟粕春
從野鳥沽晝任閑猨酌我願葬玆泉醉䰟似鳧躍

酒箮

翠篾初織來或如古魚器新從山下買靜向甒中試輕可
網金醅疎能容玉蟻自此好成功無貽我罍恥

酒牀

糟牀帶松節酒腻肥於羜滴滴連有聲空疑杜康語開眉
旣埿後染指偷甞處自此得公田不過渾種黍

酒壚

紅壚高幾尺頗稱幽人意火作縹醪香灰爲冬醷氣有鎗盡龍頭有主皆犢鼻儻得作杜根傭保何足愧

酒樓

鈎楯跨通衢喧鬧當九市金罍瀲灩後玉斝紛綸起舞蝶傍應酣啼鶯聞亦醉野客莫登臨相雜多失意

酒旗

青幟闊數尺懸於往來道多爲風所颺時見酒名號拂拂野橋幽翻翻江市好雙眸復何事終竟望君老

酒樽

犧樽一何古我抱期幽客少恐消醍醐滿疑烘琥珀猨窺曽樸寫鳥踏經款庂度度醒來看皆如死生隔

酒城

萬仞峻爲城沈酣浸其俗香侵井榦過味柒濠波淥朝傾踰百榼暮壓幾千斛吾得隸此中但爲闔者足

酒鄉

何人置此鄉杳在天皇外有事忘哀樂有時忘顯晦如尋罔象歸似與夷希會從此共君遊無煩用冠帶

奉和酒中十詠　龜蒙

酒星

萬古醇酎氣結而成晶熒降爲嵇阮徒動與樽罍幷不獨祭天廟亦應邀客星何當八月槎載我遊青冥

酒泉

初懸碧崖口漸注青谿腹味旣敵中山飲寧拘一斛春疑

浸花骨暮若酣雲族此地得封侯終身持美禄

酒篘

山齋醞方熟野童編近成持來歡伯内坐使賢人清不待盎中滿旋供花下傾汪汪日可挹未羨黃金籯

酒牀

六尺樣何奇溪邊濯來潔糟深貯方半石重流還咽閑移秋病可偶聽寒夢缺往往枕眠時自疑陶靜節

酒壚

錦里多佳人當壚自沽酒高低過反坫大小隨圓瓿數錢紅燭下滌器春江口若得奉君歡十千求一斗

酒樓

百尺江上起東風吹酒香行人落帆上遠樹涵殘陽疑梯

復疑晞一艘還一艘須知凭檻客不醉難爲勝

酒旗

摇摇倚青岸遠蕩遊人思風欹翠竹杠雨澹香醪字纔來隔煙見已覺臨江遲大斾非不榮其如有王事

酒樽

黄金即爲侈白石又太拙斲得奇樹根中如老蛟穴時招山下叟共酌林間月盡醉兩忘言誰能作天舌

酒城

何代驅生靈築之爲釀地殊無甲兵守但有糟漿氣雉堞屹如狂女墻低似醉必若攄而爭先登狄儀氏

酒鄉

誰知此中路暗出虚無際廣莫是鄰封華胥爲附麗三

柸聞古樂伯雅逢遺裔自爾等榮枯何勞問玄弟

添酒中六詠 并序　　龜蒙

鹿門子示余酒中十詠物古而誦麗旨高而性眞可謂窮天人之際矣余旣和而且曰昔人之於酒有注爲池而飲之者象爲龍而吐之者親盜瓮閒而卧者將實舟中而浮者可爲四荒矣徐景山有酒鎗嵇叔夜有酒柸皆傳於後代可謂二高矣四荒不得不刺二高不得不頌更作六章附于末云

酒池

萬斛輸曲沼千鍾未爲多殘霞入醍齊遠岸澄白酇后土亦沈醉姦臣空浩歌邇來荒淫君尚得乘餘波

酒龍

銅雀羽儀麗金龍光彩奇潛傾鄴宫酒忽以商庭漿

若怒鱗甲赤如酣頭角垂君臣坐排滅安用驕奢爲

酒瓮

候煖麴蘖調覆深苫蓋淨溢處毎淋漓沈來還[illegible]瀅嘗
聞清涼酎可養希夷性盜飲以爲名得非君子病

酒舩

昔人性何誕欲載無窮酒陂上任浮身風來即開口荒唐
意難遂沈湎名不朽千古如比肩問君能繼不

酒鎗

景山實名士所翫垂清塵嘗作酒家語自言中聖人奇器
貿舍古挫糟味應醇唯懷魏公子即此飛觴頻

酒杯

叔夜傲天壤不將琴酒踈製爲酒中物恐是琴之餘一弄

廣陵散又裁絶交書頽然擲林下身世俱何如

奉和添酒中六詠　日休

酒池

八齊競奔注不知深幾丈竹葉島紆徐皃花波蕩漾（皃花酒名）

（出梁簡文帝集）醺應爛地軸浸可柔天壤以此獻吾君願銘於几杖

酒龍

銅爲蚴蟉鱗鑄作鱙鰺角吐處百里雷瀉時千丈壑初凝

潛苑囿忽似拏寥廓遂使銅雀臺香消野花落

酒瓮

堅淨不苦窳陶於醉封疆臨溪刷舊痕隔屋聞新香移來

近麴室倒處臨糟牀所嗟無此鄰余亦能偷嘗

酒船

剡桂復刳蘭陶陶任行樂但知涵泳好不計風濤惡嘗
行麴封内稍繫糟丘泊東海如可傾乘之就斟酌

酒鎗

象鼎格仍高其中不烹飪唯將煮濁醪用以資酣飲偏
宜旋樵火稍近餘酲枕若得伴琴書吾將著閑品

酒杯

昔有嵆氏子龍章而鳳姿手揮五絃罷聊復一樽持但取
性淡泊不知味醇醨兹器不復見家家唯玉卮

茶中雜詠 并序　日休

案周禮酒正之職辨四飲之物其三曰漿又漿人之職共王
之六飲水漿醴凉醫酏入于酒府鄭司農云以水和酒
也蓋當時人率以酒醴爲飲謂乎六漿酒之醨者也何得姬

公製爾雅云檟苦茶即不擷而飲之豈聖人純於用乎抑草木之濟人取捨有時也自周已降及于國朝茶事竟陵子陸季疵言之詳矣然季疵以前稱茗飲者必渾以烹之與夫瀹蔬而啜者無異也季疵之始爲經三卷由是分其源制其具教其造設其器命其煮俾飲之者除痟而去癘雖疾醫之不若也其爲利也於人豈小哉余始得季疵書以爲備矣後又獲其顧渚山記二篇其中多茶事後又太原温從雲武威段碣之各補茶事十數節並存於方册茶之事由周至于今竟無纖遺矣昔晉杜育有荈賦季疵有茶謌余缺然於懷者謂有其具而不形於詩亦季疵之餘恨也遂爲十詠寄天隨子

茶塢

閑尋堯氏山遂入深深塢種荈已成園栽葭寧記畝石洼

泉似掬巖罅雲如縷好是夏初時白花滿煙雨茶經云其花白如薔薇

茶人

生於顧渚山老在漫石塢語氣為茶荈衣香是煙霧庭從擷子遮女耿反其木如玉色渚人以為杖果任獳師虜日晚相笑歸腰間佩輕簍

茶笋

褎然三五寸生必依巖洞寒恐結紅鉛暖疑銷紫汞圓如玉軸光脆似瓊英凍每為遇之踈南山挂幽夢

茶籝

筤篣曉攜去驀箇山桑塢開時送紫茗負處沾清露歇把傍雲泉歸將挂煙樹滿此是生涯黃金何足數

茶舍

陽崖枕白屋幾口嬉嬉活棚上汲紅泉焙前蒸紫蕨乃翁研茗後中婦拍茶歇相向掩柴扉清香滿山月

茶竈

南山茶事動竈起巖根傍水煑石髮氣新燃杉脂香青瓊蒸後凝緑髓炊來光如何重辛苦一一輸膏粱

茶焙

鑿彼碧巖下恰應深二尺泥易帶雲根燒難礙石脉初能燥金餅漸見乾瓊液九里共杉林（皆焙名）相望在山側

茶鼎

龍舒有良匠鑄此佳樣成立作菌蠢勢煎爲潺湲聲草堂暮雲陰松窻殘雪明此時勺複茗野語知逾清

茶甌

邢客與越人皆能造茲器圓似月魂墮輕如雲魄起棗花勢

旋眼蘋沫香沾齒松下時一看支公亦如此

煑茶

香泉一合乳煎作連珠沸時看蠏目濺乍見魚鱗起聲疑

松帶雨餑恐生煙翠儻把瀝中山必無千日醉

奉和茶具十詠　　龜蒙

茶塢

茗地曲隈回野行多繚繞向陽就中密背澗差還少遥盤

雲髻慢亂簇香篝小何處好幽期滿巖春露曉

茶人

天賦識靈草自然鍾野姿閑來北山下似與東風期雨後探

芳去雲間幽路危唯應報春鳥得共斯人知顧渚山有報春鳥

茶筍

所孕和氣深時抽玉苕短輕煙漸結華嫩蘂初成管尋來青靄曙欲去紅雲暖秀色自難逢傾筐不曾滿

茶籝

金刀劈翠筠織似波文斜製作自野老攜持伴山娃昨日鬬煙粒今朝貯綠華爭歌調笑曲日暮方還家

茶舍

旋取山上材架為山下屋門因水勢斜壁任巖隈曲朝隨鳥俱散暮與雲同宿不憚採掇勞秪憂官未足

茶竈 經云茶竈無突

無突抱輕嵐有煙映初旭盈鍋玉泉沸滿甑雲牙熟奇香襲春桂嫩色凌秋菊煬者若吾徒年年看不足

茶焙

左右擣凝膏朝昏布煙縷方圓隨樣拍次第依層取山謡縱高下火候還文武見説焙前人時時炙花脯（紫花焙人以花爲脯）

茶鼎

新泉氣味良古鐵形狀醜那堪風雪夜更值煙霞友曾過頳石下又住清溪口（頳石清溪皆江南出茶處）且共薦皐盧（茶名）何勞傾斗酒

茶甌

昔人謝塸埏徒爲妍詞飾（劉孝威集有謝塸埏啓）豈如珪璧姿又有煙嵐色光參筠席上韻雅金罍側直使于闐君從來未嘗識

煑茶

閑來松間坐看煑松上雪時於浪花裏併下藍英末傾餘精爽健忽似氛埃滅不合別觀書但宜窺玉札

松陵集卷第四

松陵集卷第五　今體五言詩六十八首

武丘寺殿前有古杉一本形狀醜怪圖之不盡況百卉競媚若妬若娼唯此杉死抱奇節髐然闖然不知雨露之可生也風霜之可瘁也乃造化者方外之材乎遂賦三百言以見志　日休

種日應逢晉枯來必自隋鍔狂將立處螭鬬未開時卓犖擲槍幹乂牙束戟枝初驚蟉篆活復訝猶狂癡勁質如竞瘦貞容學舜黴勢能擒土伯醜可駭山柢虎爪拏巖穩虬身脱浪欹槎頭禿似刷栟觜利於錐突兀方相脛鱗皴夏氏胝根應藏鬼血柯欲漏龍漦拗似神荼怒呀如猰貐飢朽癰難可吮枯瘇不堪治一炷玄雲拔三尋黑矟奇狼頭敎窣豎蠆尾掘攣垂目燥那逢灌心開豈中鈹

任苔爲疥癬從蠹作瘡痍品格齊遼鶴年齡等寶龜
將懷縮地力欲負拔山姿未倒防風骨初僵負貳屍漆書
明古本鐵室抗全師磈礧還無極伶俜又莫持堅應敵駿
骨文定寫虧皮蟠屈愁凌刹騰驤恐攫池搶煙寒葛嶱嶭
披蔦靜褵褷威仰誠難識勾芒恐不知好燒胡律看堪共
達多期寡色諸芳笑無聲衆籟疑終添八柱位未要一繩
繼盡日來唯我當春翫更誰他年如入用直構太平基

奉和古杉三十韻　龜蒙

衆木盡相遺孤杉獨任奇挿天形硉兀當殿勢敧危
恐是夸娥怒教臨巀嶭衰節穿開耳目根癭坐熊羆
世只論榮落人誰問等衰有巔從日上無葉與秋欺虎
搏應難動鵰蹲不敢遲戰鋒新鈌齾燒岸黑黸黧闚

死龍骸雜爭奔鹿角蒫胈銷洪水腦稜聳梵天眉磔索
珊瑚湧森嚴獬豸窺向空分犖指衝浪出鯨鬐着楊僕舩
橦在蚩尤陣轟轟隳下連金粟固高用鐵菱披挻若符堅
棰浮於祖納椎崢嶸鷲露鶴趯趚闒雲螭傍宇將支壓撐
霄欲抵巇背交蟲臂搗相向鶻拳追格（音各）筆蒫（初加反）猶立階
千卓未麾鬼神應暗晝風雨恐潛移已覺寒松伏偏宜后
土疲好遨清嘯傲堪映古茅茨村大應容蝎年深必孕夔
後凋依佛氏初植必僧彌（寺即東晉王家別墅僧弥王珉小字）擁腫煩莊辯槎牙
賁庚詞詠多靈府困搜苦化權畀類既區中寡朋當物外
推蟠桃標曰域珠草侍仙墀眞宰誠求夢春工幸可鑒若
能嘘嶰竹猶足動華滋

四明山詩　并序

謝遺塵者有道之士也甞隱於四明之南雷一旦訪余來語不及世務且曰吾得於玉泉生知子性誕逸樂神仙中書探海嶽遺事以期方外之交雖銅牆鬼炊虎獄魛餌無非窺也已上八言謝語不知取謂者何一云出隱中書今爲子語吾山之奇者有峯最高四穴在峯上每天地澄霽望之如牖户相傳謂之石窻即四明之目也山中有雲不絶者二十里民皆家雲之南北每相從謂之過雲有鹿亭有樊榭有潺湲洞木實有青欞子味極甘而堅不可卒破有猿山家謂之鞠侯其他在圖籍不足道也凡此佳處各爲我賦詩余因作九題題四十字謝省之曰玉泉生真不誣矣好事者爲余傳之因呈龔美

石窻

石窻何處見萬仞倚晴虚積靄迷青璅殘霞動綺疏山

應列圓嶠宫便接方諸秖有三奔客時來教隱書

過雲

相訪一程雲雲深路僅分嘯臺隨日辯樵斧帶風聞曉著衣全濕寒衝酒不醺幾迴歸思靜髣髴見蘇君

雲南

雲南更有溪丹礫盡無泥藥有巴賨賣枝多越鳥啼夜清先月午秋近少嵐迷若得山顔住芝箬手自攜

雲北

雲北是陽川人家洞壑連壇當星斗下樓拶翠微邊一半遥峯雨三條古井煙金庭如有路應到左神天

鹿亭

鹿亭巖下置時領白麛𧆑過草細眠應久泉香飲自多認

聲來月塢尋跡到煙蘿早晚吞金液騎將上絳河

樊榭

樊榭何年築人應白日飛至今山客說時駕玉麟歸乳蔕
懸松嫩芝臺出石微憑欄虛目斷不見羽華衣

潺湲洞

石淺洞門深潺潺萬古音似吹雙羽管如奏落霞琴倒穴
漂龍沫穿松濺鶴襟何人乘月弄應作上清吟

青櫺子

山實號青櫺環岡次第生外形堅綠殼中味敵瓊英墮石
樵兒拾敲林宿鳥驚亦應仙吏守時取薦層城

鞠侯

何事鞠侯名先封在四明但爲連臂飮不作斷腸聲野

蔓垂纓細寒泉佩玉清滿林遊宦子誰爲作君卿

奉和四明山九題　日休

石窻

窻開自眞宰四達見蒼涯苔染渾成綺雲漫便當紗𥦗中
空吐月扉際不扃霞未會通何處應連玉女家

過雲

粉洞二十里當中幽客行片時迷鹿跡寸步隔人聲以杖探
虛翠將襟惹薄明經時未過得恐是入層城

雲南

雲南背一川無鴈到峯前墟里生紅藥人家發白泉兒童
皆似古婚嫁盡如仙共作眞官戶無由税石田

雲北

雲北晝冥冥空疑背壽星犬能諳藥氣以解寫芝形野
歇遇松蓋醉書逢石屛焚香住此地應得入金庭

鹿亭

鹿群多此住因構白雲楣待侶傍花久引鹿弭穿竹遅經
時掊玉澗盡日嗅金芝爲在石窻下成仙自不知

樊榭

主人成列仙故榭獨依然石洞閑人笑松聲驚鹿眠井
香爲大藥鶴語是靈篇欲買重棲隱雲峯不售錢

潺湲洞

陰宮何處源到此洞潺湲敲碎一輪月鎔銷半段天響高
吹谷動勢急歛雲旋料得深秋夜臨流盡古仙

青檽子

山風熟異果應是供眞仙味似雲腴美形如玉腦圓銜來多野鶴落處半靈泉必共玄都㮈花開不記年

鞠侯

堪羨鞠侯國碧巖千萬重煙蘿爲印綬雲壑是隄封泉遺狙公護果教猨子供爾徒如不死應得躡玄蹤

五貺詩 并序　日休

毗陵處士魏君不琢氣眞而志放居毗陵凡二紀閉門窮學是乎里民不得以師之非乎里民不得以訾之用之不難進利之被人也捨之不難退辱非及已也噫古君子處乎進退而全者由此道乎抑夷之隘惠之不恭不能造于是也江南秋風時鱸肥而難釣蒓脆而易挽不過乘短舫方言曰舩短而深者謂之艕音步載一甑酒加以隱具由五瀉涇入震澤穿松陵

抵抗越耳日休嘗聞道於不琢敢不求雅物成雅思乎於

是買釣舩一艘二丈闊二尺施蓬以庇煙雨謂之五瀉舟天

台杖一色黯而力遒謂之華頂杖有龜頭山疊石硯一高

不二寸其仞數百謂之太湖硯有桐廬養和一怪形拳跼坐

若變去謂之烏龍養和有南海鯊魚殼樽一澁鋒齾角

内玄外黄謂之訶陵樽皆寄于不琢行以資雲水之興止

以益琴籍之玩眞古人之雅貺也因思秉韋之義不過于

詞遂爲五篇目之曰五貺兼請魯望同作

五瀉舟

何事有青錢因人買釣舩闊容兼餌坐深許共蓑眠短

好隨朱鷺輕堪倚白蓮自知無用處却寄五湖仙

華頂杖

金庭仙樹枝道客自攜持探洞求丹粟挑雲覓白芝量泉將濯足闌鶴把支頤以此將爲贈唯君盡得知

太湖硯

求於花石間怪狀乃天然中瑩五寸剱外差千疊蓮月融還似洗雲濕便堪研寄與先生後應添内外篇

烏龍養和

壽木拳數尺天生形狀幽把疑傷虺節用恐破蛇瘤置合月觀内買須雲肆頭料君攜去處煙雨太湖舟

訶陵樽

一片鱟魚殼其中生翠波買須饒紫貝用合對紅螺盡瀉判狂藥禁敲任浩歌明朝與君後爭那玉山何

奉和五貺詩　龜蒙

五瀉舟

樣自桐川得詞因隱地成好漁翁赤喜新白鳥還鶿沙際擁江沫渡頭橫雨聲尚應嫌越相遺禍不遺名

華頂杖

萬古陰崖雪靈根不爲枯瘦於霜鶴脛奇似黑龍鬚拄訪譚玄客持看潑墨圖湖雲如有路兼可到仙都

太湖硯

誰截小秋灘閑窺四緒寬繞爲千嶂遠深置一潭寒坐久雲應出詩成墨未乾不知新博物何處擬重刊

烏龍養和

養和名字好偏寄道情深所以親逋客兼能助五禽倚肩滄海望釣膝白雲吟不是逍遙侶誰知世外心

訶陵樽

魚骼匠成樽猶殘海浪痕外堪欺玳瑁中可酌崑崙〈酒名〉水繞苔磯曲山當草閣門此中醒復醉何必問乾坤

早春病中書事寄魯望　日休

眼暈見雲母耳虛聞海濤惜春狂似蝶養病躁於猱按靜方書古堂空藥氣高可憐眞宰意偏解困吾曹

奉訓　龜蒙

秖貪詩調苦不計病容生我亦休文瘦君能叔寶清藥須勤一服春莫累多情欲入毗耶問無人敵淨名

又寄　次前韻　日休

病根冬養得春到一時生眼暗憐晨慘心寒怯夜清妻仍嫌酒癖醫又禁詩情應被高人笑憂身不似名

又訓　次韻　龜蒙

從來多遠思尤向靜中生所以令心苦還應是骨清酒香偏入夢花落又關情積此風流事爭無後世名

新秋言懷寄魯望　三十韻　日休

新秋入破宅踈澹若平郊戶牖深如窟詩書亂似巢移牀驚蟋蟀拂匣動蠨蛸靜把泉華掬閑拈乳管敲檜身渾箇矮石面得能䫜小桂如拳葉新松似手梢鶴鳴轉清角鶻下撲金髇合藥還慵服爲文亦懶抄煩心入夜醒疾首帶涼抓杉葉尖於鏃藤絲勒似鞘債田含紫芋低蔓隱青匏老栢渾如疥陰苔忽似膠王餘落敗塹胡孟入空庖度日忘冠帶經時憶酒肴有心同木偶無舌並金鐃興欲添玄測狂將換易文達人唯落落俗士自譊譊底力將排

難何顏用解嘲欲銷毀後骨空轉坐來胞猶預應難抱狐
疑不易包等閑逢毒蠚容易遇咆哮時事方千蝎公途
正二崤名微甘世棄性拙任時拋白日須投分青雲合定
交仕應同五柳歸莫捨三茅澗鹿從來去煙蘿任溷殽狙
公鬧後戲雲母病來蘗從此居方丈終非競斗筲道窮
應鬼遺性拙必天教無限踈慵事憑君解一袍

奉和新秋言懷三十韻次韻　　龜蒙

身閑唯愛靜籬外是荒郊地僻憐同巷庭喧猒累巢岸
聲搖舴艋窻影辨蠨蛸逕秖溪禽下關唯野客敲竹罔
從古凸池緣本來巔早藕孽霜節涼花束紫梢漁情隨
錘網獵興起鳴髇好夢經年說名方著處抄木踈唯自補
技養欲誰抛窻靜常懸蘚雜鞭閑不正鞘山衣輕斧藻天

籟逸絍麭蕙展風前帶挑烘㯹後膠蘚乾粘晚砍煙濕
動農扂沈約便圖籍揚雄重酒肴目曾窺絶洞耳不犯
征鐃曆外窮飛朔著中記伏爻石林空寂歷雲肆背嘵譊
松桂何妨蠹龜龍亦任嘲未能丹作髓誰相紫爲胞莫
把榮枯異但平和大小包由弓猿不捷梁圈虎忘𧆛舊友
懷三益關山阻二崤道隨書簏古時共釣輪抛好作忘機
士須爲莫逆交看君馳諫草憐我卧衡茅出處雖冥默
薰蕕肯溷殽岸沙從鶴印崖蜜勸人摷白菌盈枯枿
黄精滿緑筲仙因隱居信禪是淨名教勿謂江湖永終浮
一大匏

秋日遣懷十六韻寄道侶　　龜蒙

盡日臨風坐雄詞妙略兼共知時世薄寧恨歲華淹且把

靈方試休憑吉夢占夜燃燒汞火朝鍊洗金鹽有路求
眞隱無媒舉孝廉自然成嘯傲不是學沈潛水恨同心
隔霜愁兩鬢霑鶴屏憐掩扇烏帽愛垂簷雅調宜觀
樂清才稱典籤冠敧玄髮少書健紫毫尖故疾因秋召
塵容畏日黔壯圖須行行儒服謾襜襜片石聊當枕横
煙欲代簾蠹根延穴蟻跡葉漏庭蟾藥鼎高低鑄雲庵
早晚苫胡麻如重寄從誚我無猒

奉和次韻　日休

高蹈爲時背幽懷是事兼神仙君可致江海我能淹共
守庚辰夜同看乙巳占藥囊除紫蠹丹竈拂紅鹽與物
深無競於生亦太廉鴻災因足警魚禍爲稀潛筆硯秋光
洗衣巾夏蘚霑酒甑香竹笐魚籠挂茅簷琴忘因拋譜詩

存爲致籤茶旗經雨展石笋帶雲尖鶴共心情慢鳥同
面色黔向陽栽白恰終歲憶貂襜取嶺爲山障將泉作水
簾溪晴多晚鷺鷥池廢足秋蟾破衲雖云補閑齋未辨苦
共君還有役竟夕得歔歔

江南書情二十韻寄祕閣韋校書貽之商洛宋
先輩垂文二同年　日休

四載加前字今來未改銜君批鳳尾詔我住虎頭巖季氏
唯謀逐臧倉只擬讒時訛輕五羖俗淺重三緘瘦去形如
鶴憂來態似獑才非師趙壹直欲効陳咸孤竹寧收笛
黄琮未要瑊作羊寧免佷爲兔即須毚枕戸槐從亞侵
堦草懶芟擁泉敎咽咽壘石放巉巉掣釣隨心動抽書
任意枚茶敎砮父摘酒遣僰僮監默坐看山困清齋飲

水嚴蘚生天竺屐煙壞洞庭帆病久新烏帽閑多省白
衫藥苞陳雨匳詩草蠹雲函遺客呼林狖辭人寄海蝛
室唯搜古器錢只買秋杉寡合無深契相期有至誠他
年如訪問煙蔦暗髟髟

奉和次韻　龜蒙

我志如魚樂君詞稱鳳銜暫來從露冕何事買雲巖水
石應容病松篁未聽讒罐香松蠹膩山信藥苗緘愛鷺
欹危立思猨矍鑠獑謝才偏許眺阮放最憐咸大樂寧
忘缶奇工肯顧瑊客愁迷舊隱鷹健想秋毚硯缺猶
慵琢文繁却要芟雨餘幽沼淨霞散遠峯巉洗筆煙成
段培花土作杴訪僧還覓伴醫鶴自須監荒廟猶懷季
青難幾夢嚴背虱開蠹簡衝浪試新帆悶憶年支酉閑

裁古樣衫釣家隨野艇仙蘊逐周亟度崇賦羸馬先春
買小蝛共疏泉入竹同坐月過杉㳠翰窮高致懷賢發
至誠不堪潘子鬢愁促易髟髟

憶洞庭觀步十韻　日休

前時登觀步暑雨三錚摐上戉看綿蕝登村度石矼菴
花時有蘵溪鳥不成雙遠樹點黑稍遥峯露碧幢巖根
瘦似殼杉腹破如腔裓礿絞了二音漁人服箬行篷野店窻多
攜白木鍤愛買紫泉缸仙犬聲音古遺民意緒庬何文
堪緯池底策可經邦自此將妻子歸山不姓龐

奉和次韻　龜蒙

聞君遊靜境雅具更摐摐竹傘遮雲逕藤鞋踏蘚矼杖
斑花不一樽大瘿成雙水鳥行沙嶼山僧禮石幢已甘

三秀味誰念百牢腔遠帆投何處殘陽到幾窻仙謡珠
樹曲村餉白醅釭地里方吴會人風似冉庬探幽非遯
世尋勝肯迷邦爲讀江南傳何賢過二龐

秋晚留題魯望郊居二首　日休

竹樹冷濩落入門神已清寒蛩傍枕響秋菜上牆生黄
犬病仍吠白驢飢不鳴唯將一杯酒盡日慰劉禎

冷卧空齋内餘酲夕未消秋花如有恨寒蝶似無憀簷
上落鬬雀籬根生晚潮若論羇旅事猶自勝皐橋

奉詶秋晚見題二首　龜蒙

爲愛晚窻明門前亦懶行圖書看得熟鄰里見還生鳥
啄琴材響僧傳藥味精緣君多古思攜手上空城

何事樂漁樵巾車或倚橈和詩盈古篋賒酒半寒瓢失

雨園蔬赤無風蠹葉凋清言一相遺吾道未全消

初冬章上人院　日休

客到無妨睡僧吟不廢禪尚關經病鶴猶濾欲枯泉靜案貝多紙閑爐波律煙清譚兩三句相向自脩然

奉和次韻　龜蒙

每伴來方丈還如到四禪菊承荒砌露茶待遠山泉晝古全無跡林寒却有煙相看吟未竟金磬已泠然

臨頓里名為吳中偏勝之地陸魯望居之不出郛郭曠若郊墅余每相訪款然惜去因成五言十首奉題屋壁　日休

一方蕭灑地之子獨深居遶屋親栽竹堆牀手寫書高風翔砌鳥暴雨失池魚暗識歸山計村邊買鹿車

籬疎從緑槿簷亂任黃茅壁酒移溪石煎茶拾野巢靜
窻懸雨笠閑壁挂煙匏支遁今無骨誰爲世外交
蘭稀初上簇醅盡未乾牀盡日留蠶母移時祭麴王趁
泉澆竹急候雨種蓮忙更葺園中景應爲顧辟強
靜僻無人到幽深每自知鶴來添口數琴到益家資壤
塹生魚沫頹簷落鸛兒空將緑蕉葉來往寄閑詩
夏過無擔石日高開板扉僧雖與筒簟人不典蕉衣鶴
靜共眠覺鷺馴同釣歸生公石上月何夕約譚微
經歲岸烏紗讀書三十車水痕侵病竹蛛網上衰花詩
任傳漁客衣從遶酒家知君秋晚事白幘刈胡麻
寂歷秋懷動蕭條夏思殘久貧空酒庫多病束漁竿玄
想疑鶴扇青齋拂麈冠夢魂無俗事夜夜到金壇

閑門無一事安穩卧涼天砌下尠飢鶴庭隂落病蟬倚
杉閑把易燒水靜論玄賴有包山客時時寄紫泉
病起扶靈壽翛然強到門與杉除敗葉爲石整危根薜
蔓狂遮壁蓮莖卧枕盆明朝有忙事召客斲桐孫
緩頰稱無利低眉尚不能世情都大薄俗意就中憎雲
態不知驟鶴情非會徵畫臣誰奉詔來此寫姜肱

襲美見題郊居十首因次韻詶之以伸榮謝

龜蒙

近來唯樂靜移傍故城居閑打修琴料時封謝藥書夜
停江上鳥晴曬篋中魚出亦啚何事無勞置棧車
倩人醫病樹看僕補衡茅散髮還同阮無心敢慕巢簡
便書露竹樽待破霜匏日好林間坐煙蘿僅欲交

倭僧留海紙山匠製雲牀懶外應無敵貧中直是王池

平鷗思喜花盡蝶情忙欲問新秋計菱絲一畝強

故山空自擲當路竟誰知秖有經時策全無養拙資病

深憐灸客炊晚信樵兒謾欲陳風俗周官未採詩

福地能容塹玄關詎有扉靜思瓊板字開洗鐵節衣烏

破涼煙下人衝暮雨歸故園秋草夢猶記綠微微

水影沈魚器鄰聲動緯車鷺輕捎墜葉蜂懶臥焦花説

史評諸例論兵到百家明時如不用歸去種桑麻

禹穴奇編鈌雷平思之境殘靜吟封籙檢歸興削帆竿白

石堪爲飯青蘿好作冠幾時當斗柄同上步綱壇

強起披衣坐徐行處暑天上階來鬭雀移樹去驚蟬莫

問盦車後雅音爵汎玄黃金如可乜相近買雲泉

野入青蕪巷陂侵白竹門風高開栗刺沙淺露芹根逆
鼠緣藤桁飢烏立石盆東吳雖不改誰是武王孫
踈慵眞有素時勢盡無能風月雖爲敵林泉幸未憎酒
材經夏闕詩債待我徵秪有君同癖閑來對曲肱

松陵集卷第五

松陵集卷第六　今體七言詩九

寒夜同襲美訪北禪院

月樓風殿靜沈沈披拂霜華訪道林鳥在寒枝棲影動人依古堞坐禪深明時尚阻青雲步半夜猶追白石吟自是海邊鷗伴侶不勞金偈更降心

奉和次韻　日休

院寒青靄正沈沈霜棧乾鳴入古林數葉貝書松火暗一聲金磬檜煙深陶潛見社無妨醉殷浩譚經不廢吟何事欲攀塵外契除君皆有利名心

江南道中懷茅山廣文南陽博士三首　日休

寒嵐依約認華陽遥想高人卧草堂半日始齋青䭀飯移時空印白檀香鶴雛入夜歸雲屋乳管逢春落石牀惟道

夫君無作作不離空下見壽皇
住在華陽第八天望君唯欲結良緣堂扃洞裏千秋鷰廚
葢巖根數斗泉壇上古松疑度世觀中幽鳥恐成仙不知
何事迎新歲烏納裘中一覺眠烏納裘出王筠集
五色香煙惹內文許遠遊燒香五色烟石飴初熟酒初醺將開丹竈
那防鶴欲算碁圖却望雲海氣半生當洞見瀑冰初拆隔
山間如何世外無交者許邁與王羲之父子爲世外之交一卧金壇只有君

奉和次韻　龜蒙

一片輕帆背夕陽望三峰拜七眞堂三茅二許一陽一郭是謂七眞天寒夜漱
雲牙淨雪壞晴梳石髮香自拂煙霞安筆格獨開封檢試
硃綵莫言洞府能招隱會輾飈輪見玉皇
壺中行坐可移天何況林間息萬緣組綬任垂三品石琊

環從落四公泉丹臺已運陰陽火碧簡須雕次第仙廣文王李猶在塲中
想得雷平春色動五芝烟甲又芊眠
良常應不動遺文金醴從酸亦自醺蓬萊公洛廣文以金醴畀待主簿主簿恨其味酸桂父
舊歌飛絳雪桐孫新韻倚玄雲春臨柳谷鶯先覺曙醮燕
香鶴共聞珍重雙雙王條脫盡憑三島寄羊君

早春雪中作吴體寄襲美　龜蒙

迎春避臘不肯下欺花凍草還飄然光塡馬窟蓋塞外勢
壓鶴巢偏殿巔山爐瘦節萬狀火墨突乾衰孤穗煙君披
鶴氅獨自立何人解道眞神仙

奉和　日休

威仰噤死不敢語瓊花雲䰟清珊珊溪光冷射觸鳲瑦柳

縹瓦十萬戶惟君與我如袁安

吳中言情寄魯望　　日休

古來傖父愛吳鄉一上胥臺不可忘愛酒有情如手足除
詩無計似膏肓宴㔾不輟琅書味齋日難判玉鱠香為說
松江堪老處滿船烟月濕莎裳

奉和次韻　　龜蒙

菰煙蘆雪是儂鄉釣線隨身好坐忘徒愛右軍遺點畫閒
披左氏得膏肓無因月殿聞移屧祇有風汀去採香莫問
江邊漁艇子玉皇看賜羽衣裳

行次野梅　　日休

蔦拂蘿梢一樹梅玉妃無侶獨徘徊好臨王母瑤池發合
傍蕭家粉水開共月已為迷眼伴與春先作斷腸媒不堪

便向多情道萬片霜華雨損來

奉和次韻　　龜蒙

飛棹參差拂早梅强欺寒色尚低徊風憐薄媚留香與月會深情借艷開梁殿得非蕭帝瑞齊宮應是玉兒媒不知謝客離腸醒臨水剛添萬恨來

楊州看辛夷花　　日休

臘前千朵亞芳叢細膩偏勝素捺功螓首不言披曉雪麝臍無主任春風一枝拂地成瑤圃數樹參庭是蘂宮應爲當時天女服至今猶未放全紅

奉和次韻　　龜蒙

柳疎梅墮少春叢天遣花神別致功高處朵稀難避日動時枝弱易爲風堪將亂蘂添雲肆若得千株更雪宮不寺

群芳應有意等閒桃李即爭紅

暇日獨處寄魯望　日休

幽慵不覺耗年光犀柄金徽亂一牀野客共爲賒酒計家人同作借書忙園蔬預遣分僧料廩粟先教筭鶴糧無限高情好風月不妨猶得事吾王

奉和

謝府殷樓少暇時又拋清宴入書帷三千餘歲上下古八十一家文字奇（司馬遷書上下紀三千餘歲太玄有八十一家率多奇字）冷夢漢皐懷鹿隱靜憐煙島覺鴻離知君滿篋前朝事鳳諾龍奴借與窺

屣步訪魯望不遇　日休

雪晴墟里竹欹斜蠟屐徐吟到陸家荒逕掃稀堆栢子破扉開澁染苔花壁閑定欲圖雙檜廚靜空如飯一麻擬受

太玄今不遇可憐遺恨似侯芭

奉和襲美見訪不遇　　龜蒙

為愁煙岸老神藂扶病呼兒斸翠苕祇道府中持簡牘不知林下訪漁樵花盤小撥晴初歇葉擁疎籬凍未燒倚杖徧吟春照午一池冰段幾多消

開元寺客省早景即事　　日休

客省蕭條柿葉紅樓臺如畫倚霜空銅池數滴桂上雨金鐸一聲松杪風鶴靜時來珠像側鴿馴多在寶幡中如何塵外虛為契不得支公此會同

奉和次韻　　龜蒙

日上罘罳疊影紅一聲清梵萬緣空襹褷滿地貝多雪料峭入樓于闐風水榭初抽寥泬思竹窻猶掛夢魂中靈香散

盡禪家接誰共殷滂小品同

獨夜有懷因作吴體寄襲美　龜蒙

人吟側景抱凍竹鶴夢缺月沉枯梧清澗無波鹿無䰟白雲有根虬有鬚須雲虬澗鹿眞逸調刀名錐利非良圖不然快作燕市飲笑撫肉枅（音馨）眠酒壚

奉和次韻　日休

病鶴帶霜傍獨屋破巢含雪傾孤梧濯足將加漢光腹抵掌欲捋梁武鬚隱几清吟誰敢敵披琴酣卧眞堪圖此時枉欠高散物楠瘤作樽石作壚

病中有人惠海蟹轉寄魯望　日休

紺甲青筐染菭衣島夷初寄北人時離居定有石帆覺失伴唯應海月知族類分明連璅𤪌（璅𤪌似小蜯有一小蟹在腹中𤪌出求食故淮海之人呼爲蟹奴）形容

好箇似蟛蜞病中無用雙螯處寄與夫君左手持

詶龔美見寄海蟹　龜蒙

藥盃應阻蟹螯香却乞江邊採捕郎自是揚雄知郭索（太玄經云蟹之郭索）且非何胤敢餦餭（何胤侈於食味稍欲去其甚者猶有䱇腊糟蟹）骨清猶似含春靄沫白還疑帶海霜强作南朝風雅客夜來偷醉早梅傍

病中美景頗阻追遊因寄魯望　日休

瓔牀閑卧晝迢迢唯把眞如慰寂寥南國不須收薏苡百年終竟是芭蕉藥前美祿應難斷枕上芳辰豈易銷看取病來多少日早梅零落玉華樵

奉詶病中見寄　龜蒙

逢花逢月便相招忽卧雲蹤隔野橋春恨與誰同酩酊玄言何處問逍遙題詩石上空回筆拾蕙汀邊獨寄謠早晚却

還巖上電 襲美時有眼疾 共尋芳徑結烟條

闔閭城北有賣花翁討春之士往往造焉因招襲美 龜蒙

故城邊有賣花翁水曲舟輕去盡通十畝芳菲爲舊業一家煙雨是元功閑添藥品年年別笑指生涯樹樹紅若要見春歸處所不過擕手問東風

魯望以花翁之什見招因次韻詶之 日休

九十擕鋤傴僂翁小園幽事盡能通斸煙栽藥爲身計負水澆花是世功婚嫁定期杉葉紫蓋藏應待桂枝紅不知家道能多少只在勾芒一夜風

病中庭際海石榴花盛發感而有寄 日休

一夜春工綻絳囊碧油枝上晝煌煌風匀紙似調紅露日暖唯憂化赤霜火齊滿枝燒夜月金津含藥滴朝陽不知

桂樹知情否無限同遊阻陸郎

奉和次韻　　龜蒙

紫府眞人餉露囊猗蘭燈燭未熒煌丹華乞曜先淩日金熖欺寒却照霜誰與佳名從海曲秪應芳裔出河陽那堪謝氏庭前見一段清香染郄郎

早春以橘子寄魯望　　日休

箇箇和枝葉捧鮮彩凝猶帶洞庭煙不爲韓嫣金丸重直是周王玉果圓剖似日䰟初破後弄如星髓未銷前知君多病仍中聖盡送寒苞向枕邊

襲美以春橘見惠兼之雅篇因次韻詶謝　　龜蒙

到春猶作九秋鮮應是親封白帝煙良玉有漿須讓味明珠無顆亦羞圓堪居漢苑霜梨上合在仙家火棗前珍重

更過三十子不堪分付野人邊（一蔕三十子以獻梁元帝）

病中書情寄上崔諫議（時眼疾未平） 日休

十日來來曠奉公閉門無事忌春風蟲絲度日縈琴薦蛀粉經時落酒筒馬足歇從殘漏外魚湏拋在亂書中殷勤莫怪求醫切只爲山櫻欲放紅

奉和次韻 龜蒙

或偃虛齋或在公藹然林下昔賢風庭間有蝶爭煙蕊簾外無人報水筒行藥不離深幌底（時患眼疾）寄書多向遠山中西園夜燭偏堪憶曾爲題詩刻半紅

病中孔雀 日休

煙花雖媚思沉冥猶自擡頭護翠翎強聽紫簫如欲舞困眠紅樹似依屏因思桂蠹傷肌骨爲憶松鵝損性靈盡

日春風吹不起鈿毫金縷一星星

奉和　龜蒙

懶移金翠傍簷楹斜倚芳叢舊態生唯奈瘴煙籠飲啄可堪春雨滯飛鳴鴛鴦水畔迴頭羨荳蔻圖前舉眼驚争得鷓鴣來伴著不妨還校有心情

上元日道室焚修寄襲美　龜蒙

三清今日聚靈官玉刺齋抽謁廣寒執蓋冒花香寂歷侍晨交珮響闌珊（執蓋侍晨皆仙之貴侶矣）將排鳳節分階易欲校龍書下筆難唯有世塵中小兆夜來心拜七星壇

奉和次韻　日休

明真臺上下仙官玄藻初吟萬籟寒飈御有聲時杳杳寶衣無影自珊珊蘂書乞見齋心易玉籍求添拜首難端簡不

知清景暮靈蕪香燼落金壇

正月十五日惜春寄襲美　　龜蒙

六分春色一分休滿眼東波盡是愁花匠礙寒應束手酒龍多病尚垂頭無窮懶惰齊中散有底機謀敵右侯見織短蓬裁小檝拏煙閑弄箇漁舟

奉詶惜春見寄　　日休

十五日中春日好可憐沉痼冷如灰以前雖被愁將去向後須教醉領來梅片盡飄輕粉靨柳芽初吐爛金醅病中無限花番次爲約東風且住開

聞魯望遊顔家林園病中有寄　　日休

一夜韶姿著水光謝家春草滿池塘細挑泉眼尋新脉輕把花枝嗅宿香蝶欲試飛猶護粉鸎初學囀尚羞簧分明記

得同君賞盡日傾心羨索郎

襲美病中見寄次韻詶之　　龜蒙

日華風蕙正交光渴末相携藉草塘（渴謝玄小字末謝川小字）佳酒旋傾酃醁嫩短舩閑弄木蘭香煙絲鳥拂來縈帶蘖榼人收去約簧今日好爲聯句會不成剛爲欠檀郎

春雨即事寄襲美　　龜蒙

小謝輕埃日日飛（小謝詠雨詩有散漫似輕埃句）城邊江上阻春暉雖愁野岸花房凍還得山家藥笋肥雙屐著頻看齒折敗裘披苦見毛稀比隣釣叟無塵事灑笠鳴蓑夜半歸

奉和次韻　　日休

纖恨凝愁映鳥飛半旬飄灑掩韶暉山容洗得如煙瘦地脉流来似乳肥野客正閑移竹遠幽人多病探花稀何年

細濕華陽道兩乘巾車柤並歸

魯望春日多尋野景日休抱疾杜門因有是寄　日休

野侶相逢不待期半緣幽事半緣詩烏紗任岸穿筋竹白袷從披趂肉芝數卷蠹書碁處展幾勝菰米釣前炊病中不用君相憶折取山櫻寄一枝

奉和次韻　龜蒙

雖失春城醉上期下帷裁徧未裁詩因吟郢岸百畝蕙欲採商崖三秀芝棲野鶴籠寬使織施山僧飯別教炊但醫沈約重瞳健不怕江花不滿枝

偶掇野蔬寄襲美有作　龜蒙

野園煙裏自幽尋嫩甲香蕤引漸深行歇每依鴉舅影挑頻時見鼠姑心凌風藹彩初携籠帶露虛疎或貯襟欲助

春盤還愛否不妨蕭灑似家林

魯望以躬掇野蔬兼示雅什用以詶謝　日休

杖擿春煙暖向陽煩君爲我致盈筐深挑乍見牛脣液（爾雅云蕢牛脣一名水蕮）細掐徐聞鼠耳香（本草云葉似鼠耳莖赤可生食）紫甲採從泉脉畔翠牙搜自石根傍彫胡飯熟䭘餬軟不是高人不合嘗

臥疾感春寄魯望　日休

烏皮几上困騰騰玉柄清羸愧不能昨夜眠時稀似鶴今朝飡數減於僧藥銷美祿應夭折醫過芳辰定鬼憎任是雨多遊未得也須收在探花朋

奉和次韻　龜蒙

共尋花思極飛騰病帶春寒去未能煙逕水涯多好鳥竹牀蒲倚但高僧須知日富爲神授秖有家貧免盜憎除却

數函圖籍外更將何事結良朋

徐方平後聞赦因寄襲美　龜蒙

新春旒扆御翬軒海内初傳涣汗恩秦獄已收爲厲氣瘴江初返未招寃英材盡作龍蛇蟄時停貢舉戰地多成虎豹村除却數般傷痛外不知何事及王孫

奉和次韻　日休

金鷄煙外上臨軒紫誥新垂作解恩涿鹿未銷初敗血新安頬雪已坑寃空林葉盡蝗來郡腐骨花生戰後村未遣蒲車問幽隱共君應老抱桐孫

襲美以魚牋見寄因謝成篇　龜蒙

擣成霜粒細鱗鱗知作愁吟幸見分向日乍驚新繭色臨風時辯白萍文魚子曰白萍好將花下承金粉堪送天邊詠碧雲見

倚小窻親襞深畫圖春色寄夫君

奉詶見答魚牋之什　日休

輕如隱起膩如飴除却鮫工解製稀欲寫恐成河伯詔試裁疑是水仙衣毫端白獺脂猶濕指下冰蠶子欲飛若用莫將閑處去好題春思贈江妃

病後春思　日休

連錢錦暗麝氛氳荆思多才詠鄂君孔雀鈿寒窺沼見石榴紅重墮階聞牢愁有度應如月春夢無心秖似雲應笑病來慙滿願花牋好作斷腸文

奉和次韻　龜蒙

氣和靈府漸氤氳酒有賢人藥有君七字篇章看月得百勞言語傍花聞閑尋古寺銷晴日最憶深溪枕夜雲早晚

共揺孤艇去紫屏風外碧波文

襲美以公齋小宴見招因代書寄之　龜蒙

早雲纔破漏春陽野客晨興喜又忙自與酌量煎藥水别敎安置曬書牀依方釀酒愁遲去借樣裁巾怕索將唯待數般幽事了不妨還入少年場

偶成小酌招魯望不至以詩爲解因次韻訓之　日休

醉侶相邀愛早陽小筵催辦不勝忙衝深柳駐吴娃幰倚短花排羯鼓牀金鳳欲爲鸎引去鈿蟬疑被蝶勾將如何共是忘形者不見漁陽參一場

以紗巾寄魯望因而有作　日休

周家新樣替三梁（頭巾起後周武帝）裹髮偏宜白面郎掩斂乍疑裁黒霧輕明渾似戴玄霜今朝定見看花昃明日應聞漉酒香

更有一般君未識虎文巾在絳霄房

襲美以紗巾見惠繼以雅音因次韻詶謝　龜蒙

薄如蟬翅背斜陽不稱春前贈罔（女減反）郎初覺頂寒生遠吹預憂頭白透新霜堪窺水檻澄波影好拂花墻亞蘂香知有芙蓉留自戴（桐柏真人戴芙蓉冠也）欲峩煙霧訪黄房

聞襲美有親迎之期因以寄賀　龜蒙

梁鴻夫婦欲雙飛細雨輕寒拂雉衣初下雪牕應眷戀次乘煙幰奈光輝參差扇影分華月斷續簫聲落翠微見說春風偏有賀露花千朵照庭闈

臨頓宅將有歸于之日魯望以詩見貺因抒懷詶之　日休

共老林泉忍暫分此生應不識迴文幾枚竹笥送德曜一乘柴車迎少君舉案品多緣澗藥承家事少為溪雲居然自

是幽人事輒莫敎他孫壽聞

龔美以巨魚之半見分因以詶謝　龜蒙

誰與春江上信魚可憐霜刃截來初鱗隳似撒騷人屋腹斷疑傷遠客書避網幾跳山影破逆風曾蹙浪花虛今朝最是家童喜免泥荒畦掇野蔬

奉和　日休

釣公來信自松江三尺春魚撥剌霜腹內舊鉤苔染澁腮中新餌藻和香冷鱗中斷榆錢破寒骨平分玉箸光何事貺君偏得所秪緣同是越航郎

館娃宮懷古　日休

艷骨已成蘭麝土宮墻依舊壓層崖弩臺雨壞逢金鏃香逕泥銷露玉釵硯沼秖留溪鳥浴屧廊空信野花埋姑蘇

麋鹿眞閑事湏爲當時一愴懷

奉和次韻　龜蒙

鏤楣消落濯春雨蒼翠無言空斷崖草碧未能忘帝女燕
輕猶自識宫釵江山秖有愁容在劒珮應和愧色埋賴有伍
員騷思少吴王纔免似荆懷

襲美以紫石硯見贈以詩迎之　龜蒙

霞骨堅來玉自愁琢成飛燕古釵頭澄沙脆弱聞應伏青鐵
沈埋見亦羞寂稱風亭批碧簡好將雲竇漬寒流君能把
贈閑吟客徧寫江南物象酬

以紫石硯寄魯望兼詶見贈　日休

樣如金蹙小能輕微潤將融紫玉英石墨一研爲鳳尾寒
泉半勺是龍睛騷人白芷傷心暗狎客紅筵奪眼明兩地

有斯皆好用不須空把洗溪聲

同襲美遊北禪院 院即故司勳陸郎中舊宅　龜蒙

連延花蔓映風廊岸幘披襟到竹房居士秪今開梵處先生曾是草玄堂清樽林下看香印遠岫窻中挂鉢囊今日有情消未得欲將名理問思光

奉和　日休

戚歷杉陰入草堂老僧雖見似相忘吟多幾轉蓮花漏坐久重焚栢子香魚慣齋時分淨食鴿能閑處傍禪牀雲林滿眼空羇滯欲對彌天却自傷

孫發百篇將遊天台請詩贈行因以送之　日休

孫子荊家思有餘元戎曾薦入公車百篇宮體喧金屋一日官銜下玉除紫府近通齋後夢赤城新有寄來書因逢二

老如相問正滯江南爲鯢魚

奉和　龜蒙

直應天授與詩情百詠唯消一日成去把彩毫揮下國歸參黄綬别春卿閑窺碧石落懷煙霧暫向金庭隱姓名珍重興公徒有賦石梁深處是君行

薔薇　龜蒙

倚墻當户自横陳致得貧家似不貧外布芳菲雖笑日中含芒刺欲傷人清香往往生遥吹狂蔓看看及四鄰遇有客來堪玩處一端晴綺照煙新

奉和次韻　日休

誰繡連延滿户陳暫應遮得陸郎貧紅芳掩斂將迷蝶翠蔓飄颻欲挂人低拂地時如墮馬高臨墻處似窺鄰紙應

是董雙成戲翦得神霞段寸寸新

聞開元寺開笋園寄章上人　日休

園鏁開聲駭鹿群滿林鮮籜水犀文森森競泫林梢雨巉爭穿石上雲並出亦如鵞管合各生還似犬牙分折煙束露如相遺何肖明朝不茹葷

奉和　龜蒙

春龍爭地養檀欒況是雙林雨後看迸出似毫當垤堁孤生如恨倚欄干凌虛勢欲齊金刹折贈光宜照玉盤更待錦苞零落後粉環高下揭煙寒

春夕陪崔諫議櫻桃園宴　日休

萬樹香飄水麝風蠟燻花雪盡成紅夜深懽態狀不得醉客圖開明月中衛協畫醉客圖

奉和　龜蒙

佳人芳樹雜春蹊花外煙濛月漸低幾度艷歌清欲轉流鶯驚起不成棲

松江早春　日休

松陵清淨雪消初見底新安恐未如穩凭舩舷無一事分明數得鱠殘魚

奉和　龜蒙

柳下江飡待好風暫時還得狎漁翁一生無事煙波足唯有沙邊水勃公

女墳湖（即吴王葬女之所）　日休

萬貴千奢已寂寥可憐幽憤爲誰嬌須知韓重相思骨直在芙蓉向下消

奉和　龜蒙

水平波淡遶迴塘鶴殉人沉萬古傷應是離寃雙不得至今沙上少鴛鴦

泰伯廟　日休

一廟爭祠兩讓君幾千年後轉清芬當時盡解稱高義誰敢教他莽卓聞

奉和　龜蒙

故國城荒德未荒年年椒奠濕中堂邇來父子爭天下不信人間有讓王

宿木蘭院　日休

木蘭院裏雙棲鶴長被金鉦聒不眠今夜宿來還似爾到明無計夢雲泉

奉和次韻　龜蒙

苦吟清漏迢迢極月過花西尚未眠猶憶故山欹警枕夜来鳴咽似流泉

重題薔薇　日休

濃似猩猩初染素輕於燕燕欲凌空可憐細麗難勝日照得深紅作浅紅

奉和次韻　龜蒙

穠華自古不得久況是倚春春已空更被夜來風雨惡滿階狼藉没多紅

春夕酒醒　日休

四絃纔罷醉蠻奴酃醁餘香在翠爐夜半醒來紅蠟短一枝寒淚作珊瑚

奉和

幾年無事傍江湖醉倒黄公舊酒壚覺後不知新月上滿身花影倩人扶

松陵集卷第六

松陵集卷第七　今體七言詩九十首

開元寺佛鉢詩并序　日休

按釋法顯傳云佛鉢本在毗舍離今在乾陀衛竟若干百年當復至西月支國若干百年至于闐國若干百年當至屈茨國若干百年當復來漢地晉建興二年二聖像浮海而至滬瀆僧尼輩取之以歸今存于開元寺後建興八年漁者於滬瀆沙汭上獲之以爲臼類乃葷而用焉俄有佛像見于外漁者始爲異意滬瀆二聖之遺祥也乃以鉢供之迄今尚存余遂觀而爲之詠因寄天隨子

詩

帝青石作綠冰姿（佛律云此鉢帝青玉石也四天王所獻也）曾得金人手自持拘律封邊齋散後提羅花下先來時乳糜未斷中天覺麥麨香

淵大劫知從此共君親頂戴金屋應不等閑吹

奉和　　龜蒙

空王初受逞神功四鉢須臾現一重（至今鉢緣有四重也）持次想添香

積飯覆時應帶步羅鍾光寒好照金毛鹿響靜堪降白耳

龍從此寶函香裏見不煩西去詣靈峯

夏首病愈因招魯望　　日休

曉入清和尚袷衣夏陰初合掩雙扉一聲撥穀桑柘晚

數點舂鋤煙雨微貧養仙禽能箇瘦病關芳草就中肥

明朝早起非無事買得蓴絲待陸機

奉詶次韻　　龜蒙

雨多青合是垣衣一幅蠻牋夜款扉蕙帶又聞寬沈約茅

齋猶自憶王微方靈秪在君臣正篆古須抛點畫肥除却

伴談秋水外野鷗何處更忘機

新夏東郊閑泛有懷襲美　　龜蒙

遲於春日好於秋野客相携上釣舟經略約時冠暫亞佩笭箵後帶頻搖蒹葭鷺起波搖笠村落蠶眠樹挂鈎料得紙君能愛此不爭煙水似封侯

奉和次韻　　日休

水物輕明淡似秋多情才子倚蘭舟碧莎裳下携詩草黃篾樓中挂酒篘蓮葉蘸波初轉棹魚兒簇餌未諳鈎共君莫問當時事一點沙禽勝五侯

四月十五日道室書事寄襲美　　龜蒙

烏飯新炊芼臛香道家齋日以爲常月苗杯舉存三洞雲蘂函開叩九章一匊陽泉堪作雨數銖秋石欲成霜可中

偃著書乎倚羲賓問取老竹牀

奉和　　日休

望朝齋戒是尋常靜啓金根第幾章竹葉飲爲甘露色

蓮花鮓作肉芝香松膏背日凝雲磴丹粉經年染石牀剩

欲與君終此志頑仙唯恐鬢成霜

看壓新醅寄懷襲美　　龜蒙

曉壓糟牀漸有聲旋如荒澗野泉清身前古態熏應出世

上愁痕滴合平飲啄斷年同鶴儉風波終日看人爭樽中

若使常能渌兩綬通侯揔強名

奉和次韻　　日休

一篁松花細有聲旋將渠椀撇寒清秦吴只恐篘來近劉項

眞應醸得平酒德有神多客頌醉鄉無貨没人爭五湖煙

水郎山月合向樽前問底名

登初陽樓寄懷北平郎中　日休

危樓新製號初陽白粉青薅射沼光避酒幾浮輕舴艋下棊曾覺睡鴛鴦投鈎列坐圍華燭格簺分朋占靚粧莫怪重登頻有恨二年曾侍舊吳王

奉和　龜蒙

遠窻浮檻亦成年幾伴楊公白晝筵日暖煙花曾撲地氣和星象却歸天閑將水石侵軍壘醉引笙歌上釣船無限恩波猶在目東風吹起細漪漣

夏初訪魯望偶題小齋　日休

半里芳陰到陸家藜牀相勸飯胡麻林間度宿抛棊局壁上經年挂鈎車野客病時分竹米鄰翁齋日乞藤花知廚

未放閑人去半岸紗帷待月華

奉和次韻　　　　　　龜蒙

四隣多是老農家百樹雞桑半頃麻盡趁晴明修網架每
和煙雨掉繰車啼鸎偶坐身藏葉餉婦歸來鬢有花不
是對君吟復醉更將何事送年華

所居首夏水木尤清適然有作　　日休

病來無事草堂空晝水休聞十二筒桂靜似逢青眼客松
閑如見綠毛翁潮期暗動庭泉碧梅信微侵地障紅盡日
枕書慵起得被君猶自笑從公

奉和次韻　　　　　　龜蒙

柹陰成列藥花空却憶桐江下釣筒亦以魚蝦供熟鷺近
緣櫻笋識隣翁閑分酒劑多還少自記書籤白間紅更愛

夜來風月好轉思玄度對支公

重玄寺元達年逾八十好種名藥凡所植者多
至自天台四明包山句曲叢萃紛糅各可指名
余奇而訪之因題二章　日休

雨蓧煙鋤傴僂賁紺牙紅甲兩三畦藥名却笑桐君少年
紀翻嫌竹祖低白石靜敲蒸朮火清泉閑洗種花泥怪來
昨日休持鉢一尺彫胡似掌齊

香蔓蒙蘢覆昔邪檜煙杉露濕袈裟石盆換水撈松葉
竹徑遷牀避筍牙藜杖移時挑細藥銅鉼盡日灌幽花支
公謾道憐神駿不及今朝種一麻

奉和題達上人藥圃二首　龜蒙

藥味多從遠客齎旋添花譜旋戎畦三椏舊種根應異九

箭衩移葉尚低山芙便和幽澗石水芝須帶本池泥從今直
到清秋日又有香苗幾番齊
淨名無語示清羸藥草搜求喻更微一兩一風皆遂性花
開花落盡忘機敎疎兔縷金絲亂兔絲別名自擁龍芻紫汞肥
莫涴獨親幽圃坐病容銷盡欲依歸

懷華陽潤卿博士三首　日休

先生一向事虛皇天市壇西與世忘環堵養龜看氣訣刀
圭餇犬試仙方靜探石腦衣裾潤閑鍊松脂院落香聞道
徵賢須有詔不知何日到良常

冥心唯事白英君不問人間爵與勳林下醉眠仙鹿見洞
中閑話隱芝聞石牀卧苦渾無蘚藤篋開稀恐有雲料得
虛皇新詔樣青瓊板上綠爲文

鳳骨輕來稱瘦容華陽館主未成翁陶隱居昔爲華陽館主數行玉札
存心久一掬雲漿漱齒空白石煑多熏屋黑丹砂埋久染
泉紅他年欲事先生去十賚須加陸逸伸逸沖嘗事隱居隱居錫名栖靜處士十賚猶人間九錫也

奉和三首　龜蒙

幾降眞官授隱書洛公曾到夢中無眉間入靜三辰影肘
後道靈五嶽圖北洞樹形如曲蓋東凹山色似薰爐金墟
福地能容否願作岡前蔣負芻
火景應難到洞宮蕭閑堂冷任天風談玄麈尾抛雲底服
散龍胎在酒中有路還將赤城接無泉不共紫河通竒編
早晚教傳授免以神仙問葛洪
終日焚香禮洞雲更思琪樹轉勞神曾尋下泊宮名常經月
不到中峯又累春仙道最高黃玉籙暑天偏稱白綸巾清

齋若見茅司命乞取朱兒十二斤

以竹夾膝寄贈襲美　龜蒙

截得篔簹冷似龍翠光橫在暑天中堪臨薤簟閑憑月好向松窻卧跂風持贈敢齊青玉案醉吟偏稱碧荷筒添君雅具教多著爲著西齋譜一道

魯望以竹夾膝見寄因次韻詶謝　日休

圓於玉柱滑於龍來自衡陽彩翠中拂潤恐飛清夏雨叩虚疑貯碧湘風大勝書客裁成簡頗賽溪翁截作筒從此角巾因爾戴俗人相訪若爲道

夏景無事因懷章來二上人　日休

澹景微陰正送梅幽人逃暑瘿楠盃水花移得和魚子山蕨收時帶竹胎嘯館大都偏見月醉鄉終竟不聞雷更無一

事唯留客却被高僧怕不來
佳樹盤珊枕草堂此中隨分亦閑忙平鋪風簟尋琴譜靜
掃煙窻著藥方幽鳥見貧留好語白蓮知卧送清香從今
有計消閑日更爲支公置一牀

奉和次韻　龜蒙

簷外青陽有二梅折來堪下凍醪盃（離騷注云盛夏以醇酒置冰上）高杉自欲
生龍腦小弁誰能寄鹿胎麗事肯敎饒沈謝談微何必減
宗雷還聞擬結東林社爭奈淵明醉不來
忽憶高僧坐夏堂猒泉聲閙笑雲忙山重海澹懷中印月
冷風微宿上方病後書求嵩少藥定迴衣染貝多香何時
更問逍遥義（道林有逍遥遊別義）五粒松陰半石牀

寄瓊州楊舍人　日休

德星芷彩瘴天涯洒樓堪消謫宦嗟行遇竹王因設奠居
逢木客又遷家清齋淨溲桄榔麵遠信開封荳蔻花清切
會須歸有日莫貪勾漏足丹砂

奉和　龜蒙

明時非非謫何偏鵬鳥巢南更數千酒滿椰盃消毒霧風
隨蕉扇下瀧舩人多藥戶行狂蠱吏有珠官出俸錢紙以
直誠天自信不勞詩句詠貪泉

魯望以輪鈎相示緬懷高致因作三篇　日休

角柄孤輪細膩輕翠蓬十載伴君行撚時解轉蟾蜍魄抛
處能啼絡緯聲七里灘波喧一舍五雲溪月靜三更朱衣
鮒足和蓑睡誰信人間有利名
一線飄然下碧塘溪翁無語遠相望蓑衣舊去煙披重箬

笠新來雨打香白鳥白蓮爲夢寐清風清月是家鄉明朝有物充君信檣酒三缾寄夜航（檣酒出沈約集）

盡日悠然舴艋輕小輪聲細雨溟溟三尋絲帶桐江爛一寸鈎含笠澤腥用近詹何傳釣法收和范蠡養魚經孤蓬半夜無餘事應被嚴灘聒酒醒

龜蒙頃自桐江得一釣車以襲美樂煙波之思因出以爲玩俄辱三篇復抒詶荅

旋屈金鈎劈翠筠手中盤作釣魚輪忘情不效孤醒客有意閑窺百丈鱗雨似輕埃時一起雲如高蓋強相親任他華轂低頭笑此地終無覆敗人

曾招漁侶下清潯獨蠒初隨一錘深細輾煙華無轍跡靜含風力有車音相呼野飯依芳草迭和山歌逗遠林得失

任渠但取樂不曾生箇是非心

病來懸著脆緡絲獨喜高情爲我持數輻尚疑煙雨態三篇能賦蕙蘭詞雲深石淨閑眠穩月上江平放溜遲第一莫教諳此境倚天功業待君爲

吴中書事寄漢南裴尚書　日休

萬家無事鏁蘭橈鄉味腥多猒紫蕒（江文通集云紫蕒石刼也）水似棊文交度郭柳如行障儼遮橋青梅蔕重初迎雨白鳥群高欲避潮唯望舊知憐此意得爲傖鬼也逍遥

奉和　龜蒙

風清地古帶前朝遺事紛紛未寂寥三茆凉波漁䋸動（逺祖士衡對晉武帝以三茆冬温夏凉）五茸春草雉媒嬌（五茸吴王獵所茸各有名）雲藏野寺分金刹月在江樓倚玉簫不用懷歸忘此景吴王看即奉弓招

夏景冲澹偶然作二首　日休

秖隈蒲褥岸烏紗味道澄懷景便斜紅印寄泉慙郡守青
筐與笋愧僧家茗爐盡日燒松子書桉經時剥瓦花園吏
暫棲君莫笑不妨猶更著南華

一室無喧是事幽還如貞白在高樓天台畫得千迴看湖
目芳來百度遊湖目石蓮子也無限世機吟處息幾多身計釣前休
他年謁帝言何事請贈劉伶作醉侯

奉和次韻　龜蒙

蟬雀參差在扇紗竹襟輕利籜冠斜壚中有酒文園會琴
上無絃靜節家芝畹煙霞全覆穗橘洲風浪半浮花閑思
兩地忘名者不信人間髮解華

秖於池曲象山幽便是瀟湘浸石樓斜拂芡盤輕鷺下細

穿菱線小鯢遊閑開茗焙甞須徧醉撥書帷卧始休莫道
仙家無好爵方諸還拜碧琳侯

送李明府之任南海　日休

五羊城在蜃樓邊墨綬垂署正少年山静不應聞屈鳥草
深從使翳貪泉蠻奴晴上臨潮檻燕婢秋隨過海舩一事
與君消遠宦乳蕉花發訟庭前

奉和　龜蒙

春盡之官直到秋嶺雲深處凭瀧樓居人愛近沉珠浦候
吏多來拾翠洲賓稅盡應輸紫貝蠻童多學佩金鈎知君
不戀南枝久拋却經冬白罽裘

寄題羅浮軒轅先生所居　日休

亂峯四百三十二（羅浮山峯數）欲問徵君何處尋紅翠（山鳥名）數聲瑶

室響（山有琁房瑤室七十有二）眞檀一炷石樓深山都遣負沽來酒樵客
容看化後金從此謁師知不遠求官先有葛洪心

奉和　　龜蒙

鼎成仙馭入崆峒百世猶傳至道風暫應青詞爲穴鳳却
思丹徼伴冥鴻金公的的生爐際瓊刄時時到夢中預恐
浮山歸有日載將雲室十洲東

宿報恩寺水閣　　日休

寺鎖雙峯寂不開幽人中夜獨徘徊池文帶月鋪金簟蓮
朶含風動玉杯往往竹梢搖翡翠時時杉子擲莓苔可憐
此際誰曾見唯有支公盡看來

奉和　　龜蒙

峯抱池光曲岸平月臨虛檻夜何清僧穿小檜纔分影魚

擲高荷漸有聲因憶故山吟易苦各橫秋簟夢難成周顒
不用裁書勸自得涼天證道情

醉中偶作呈魯望　日休

谿雲澗鳥本吾儕剛爲浮名事事乖十里尋山爲思役五
更看月是情差分將吟詠華雙鬢力以壺觴固百骸爭得
草堂歸卧去共君同作太常齋

奉和次韻　龜蒙

海鶴飄飄韻莫儕在公猶與俗情乖初呈酒務求專判合
禱山祠請自差永夜譚玄侵罔象一生交態忘形骸憐君
醉墨風流甚幾度題詩小謝齋

寄滑州李副使員外　日休

兵繞臨淮數十重鐵衣才子正從公軍前草奏旄頭下城

上封書箚　中閏合只應門曉鴈血腥何處避春風故人
勳重金章貴猶在江湖積釣功
奉和　　龜蒙
洛生閑詠正抽毫忽傍旌旗著戰袍檄下連營皆破膽劒
離孤匣欲吹毛清秋月色臨軍壘半夜淮聲入賊壕除却
征南爲上將平徐功業更誰高
傷史拱山人　　日休
一紙幽信自襄陽上報先生去歲亡山客爲醫翻貰藥野
僧因弔却焚香峯頭孤冢爲雲穴松下靈筵是石牀宗炳
死來君又去終身不復到柴桑
奉和　　龜蒙
曾說山樓欲去尋豈知霜骨葬寒林常依淨住師冥目兼

事容成學筭心（[illegible]兼善筭術）逋客預齋還梵唱老猿窺祭亦悲
吟唯君獨在江雲外誰誄孤貞置峴岑

吳中言懷寄南海二同年　日休

曲水分飛歲已賒東南爲客各天涯退公秖傍蘇勞竹移宴多隨末利花銅鼓夜敲溪上月布帆晴照海邊霞三年謾被鱸魚累不得橫經侍絳紗

奉和　龜蒙

曾具凌風上赤霄盡將華藻赴嘉招城連虎踞山圖麗路入龍編海舶遥江客漁歌衝白荇野貪人語暎紅蕉庭中必有君遷樹莫向空臺望漢朝（交州記云有君遷樹有朝臺尉他望漢所築）

胥門閑泛　日休

青翰虛徐夏思清愁煙漠漠荇花平醉來欲把田田葉盡

褁當時醒酒鯖

奉和　龜蒙

細槳輕樺下白蘋故城花謝緑陰新豈無今日逃名士試問南塘著屧人

木蘭後池三詠　日休

重臺蓮花

欹紅婑媠力難任、毎葉頭邊半米金可得教他水妃見兩重元是一重心

浮萍

嫩似金脂颺似煙多情渾欲、擁紅蓮明朝擬附南風信寄與湘妃作翠鈿

白蓮

但恐醍醐難並絜秪應薝蔔可齊香半垂金粉知何似靜婉臨溪照額黄

奉和三詠　龜蒙

重臺蓮花

水國煙鄉足芰荷就中芳瑞此難過風情爲與吴王近紅萼常教一倍多

浮萍

晚來風約半池明重疊侵沙緑罽成不用臨池重相笑最無根蔕是浮名

白蓮

素蘤多蒙别艷欺此花眞合在瑶池還應有恨無人覺月曉風清欲墮時

重題後池　日休

細雨闌珊眠鷺覺鈿波悠漾並鴛嬌適來會得荆王意秖爲蓮莖重細署

奉和　龜蒙

曉煙清露暗相和浴鴈浮鷗意緒多却是陳王詞賦錯枉將心事託微波

襲美庭中初植松桂偶題　龜蒙

軒陰冉冉移斜日寒韻泠泠入晚風煙格月姿曾不改至今猶似在山中

奉和次韻　日休

毿毿綠髮垂輕露獵獵丹華動細風恰似青童君欲會儼然相向立庭中

戲題龔美書印囊　　龜蒙

鵲銜龜顧妙無餘不愛封侯愛石渠應笑休文過萬卷至今誰道沈家書

奉和次韻　　日休

金篆方圓一寸餘可憐銀艾未思渠不知夫子將心印印破人間萬卷書

館娃宮懷古五絶　　日休

綺閣飄香下太湖亂兵侵曉上姑蘇越王大有堪羞處秖把西施賺得吴

鄭姐無言下玉墀夜來飛箭滿罘罳越王定指高臺笑却見當時金鏤楣

半夜娃宮作戰場血腥猶雜宴時香西施不及燒殘蠟猶

爲君王泣數行
素襪雖遮未掩羞越兵猶怕五貟頭吴王恨魄今如在秖
合西施瀨上遊
響屧廊中金玉步採蘭山上綺羅身不知水葬今何處溪
月彎彎欲效嚬

奉和五絶　　龜蒙

三千雖衣水犀珠半夜夫差國暗屠猶有八人皆二八獨
教西子占亡吴
一宮花渚漾漣漪倭墮鴉鬟出繭眉可料座中歌舞袖便
將殘節拂降旗
幾多雲榭倚青冥越焰燒來一片平此地最應沾恨血至
今春草不勻生

江色分明綠遠臺單帆遥隔絡跡屏波神自歇荒淫主句
踐樓舡穩帖來
寶袜香綦碎曉塵亂兵誰惜似花人伯勞應是精靈使猶
向殘陽泣暮春

虎丘寺西小溪閑泛三絶　日休

鼓子花明白石岸桃枝竹覆翠嵐溪分明似對天台洞應
猒頑仙不肯迷
絶壑秪憐白羽傲窮谿唯覺錦鱗癡更深尚有通樵處或
是秦人未可知
高下不驚紅翡翠淺深還礙白薔薇舩頭繫箇松根上欲
待逢仙不擬歸

奉和三絶次韻　龜蒙

樹號相思枝拂地鳥語提壺聲滿溪雲涯一里千萬曲直
是漁翁行也迷
荒柳卧波渾似困宿雲遮塢未全癡雲情柳意蕭蕭會若
問諸餘摠不知
每逢孤嶼一倚欃便欲狂歌同採薇任是煙蘿中待月不
妨欹枕扣舷歸

松陵集卷第七

松陵集卷第八 今體七言詩八十四首

白鷗詩 并序　　龜蒙

樂安任君嘗爲涇尉居吴城中地纔數畝而不佩俗物有池池中有島嶼池之南西北邊合三亭脩篁嘉木掩隱隈奥處莫一不見其三也君好奇樂異喜文學名理之士所得皆清散凝瑩襲美知而偕詣旣坐有白鷗翩然馴於砌下因請浮而翫之主人曰池中之族老矣每以豪健據有鷗之始泛輒逐而害之今畏不敢入吁昔人之心蓄機事猶或舞而不下况害之哉且羽族麗于水者多矣獨鷗爲閑暇其致不高耶一旦水有鯨鯢之患陸有狐狸之憂儔侶不得命嘯塵埃不得澡刷雖蒙人之流賞亦天地之窮鳥也感而爲詩以遺襲美同作

詩

慣向溪頭漾淺沙薄煙微雨是生涯時時失伴沉山影往往爭飛雜浪花晚樹清涼還鸊鵜舊巢零落寄蒹葭池塘信美應難戀針在魚脣劒在蝦

奉和　日休

雪羽褵褷半惹泥海雲深處舊巢迷池無飛浪爭教舞洲少輕沙若遣捿煙外失群慙鴈鶩波中得志羨鳧鷖主人恩重真難遇莫為心孤憶舊溪

懷楊台文楊鼎文二秀才　龜蒙

秋早相逢待得春崇蘭清露小山雲（崇蘭小山中二堂）寒花獨自愁中見曙角多同醒後聞釣具每隨輕舸去詩題閑上小樓分重思醉墨縱橫甚書破羊欣白練裙

奉和次韻

羊曇留我昔經春各以篇章鬭五雲賓草每容閑處見擊琴多任醉中聞釣前冑翰交加倚醉後紅魚取次分爲説風標曾入夢上仙初著翠霞裙

友人以人參見惠因以詩謝之　日休

神草延年出道家神草別名是誰披露記三椏開時的定涵雲液劚後還應帶石花名士寄來消酒渴野人煎處撇泉華從今湯劑如相續不要金山焙上茶

奉和　龜蒙

五葉初成椵樹陰紫團峯外即雞林名參鬼蓋須難見材似人形不可尋品第已聞升碧簡攜持應合重黄金殷懃閒取相如㾓封禪書成動帝心

傷進士嚴子重詩 并序　日休

余爲童在鄉校時簡上抄杜舍人牧之集見有與進士嚴惲詩後至吳一日有客曰嚴、来余志其名久矣遽懷文見造於是樂得禮而觀之其所爲工於七字往往有清便柔媚時可軼駭於常執其佳者曰春光冉冉歸何處更向花前把一杯盡日問花花不語爲誰零落爲誰開余美之諷而未嘗息生舉進士亦十餘計偕余方寬之謂乎竟有得於時也未幾歸吳興後兩月（咸通十一年也）霅人至云生以疾亡於所居矣噫生徒以詞聞於士大夫竟不名而逝豈止此而堙沒耶江湖間多美利士君子苟樂退而有文者死無不爲時惜可勝言耶於是哭而爲詩魯望生之友也當爲我同作詩十哭都門牓上塵蓋棺終是五湖人生前有敵唯丹桂沒後無家秖白蘋箬下斬新醒處月江南依舊詠來春知君精爽應無盡必在酆都頌帝晨（梁成酆都官頌曰紂絶標帝晨）

嚴子重以詩遊於名勝閒舊矣余晚於江南相遇甚樂不幸且沒襲美作詩序而弔之其名眞不朽矣又何戚其死哉余因息悲而爲之和　龜蒙

每值江南日落春十年詩酒愛逢君芙蓉湖上吟船倚翡翠巖前醉馬分秖有汀洲連舊業豈無章疏動遺文猶憐未卜佳城處更斸要離冢畔雲

早秋吳體寄襲美　龜蒙

荒庭古樹只獨倚敗蟬殘蛩苦相仍雖然詩膽大於斗爭柰愁腸牽似繩短燭初添蕙幌影微風漸折蕉衣稜安得

彎弓似明月快箭拂下西飛鵬

奉和次韻　日休

書淫傳癖窮欲死譊譊何必頻相仍日乾陰蘚厚堪剥藤把欹松穿似繩搗藥香侵白袷袖穿雲潤破烏紗稜安得瑶池飲淺酒半醉騎下垂天鵬

秋賦有期因寄襲美時將主試貢士　龜蒙

雲似無心水似閒忽思名在貢書間煙霞鹿弁聊懸著鄰里漁舠暫解還文草病來猶滿篋藥苗衰後即離山廣寒宫樹枝多少風送高低便可攀

奉和次韻　日休

十載江南盡是閒客兒詩句滿人間郡侯聞譽親邀得鄉老知名不放還應帶瓦花經汴水更携乃雲實出包山太微

宫褢環岡樹無限瑤枝待爾攀

病中秋懷寄襲美　龜蒙

病容愁思苦相兼清鏡無情未我嫌貪廣異蔬行徑窄故求偏藥出錢添同人散後休賒酒雙燕辭來始下簾更有是非濟未得重憑詹尹拂龜占

奉和次韻　日休

貧病於君亦太兼今高應亦被天嫌因分鶴料家資減爲置僧飡口數添静裏改詩空凭几寒中注易不開簾清詞一一侵眞宰甘取窮愁不用占

新秋即事三首　日休

癡号多於顧愷之更無餘事可從知酒坊吏到常先見鶴料符來每探支吳郡有[illegible]京[illegible]每某請月土兔來[illegible]

斯共君無事堪相賀又到金虀玉鱠時

堪笑高陽病酒徒幅巾蕭灑在東吴秋期淨掃雲根瘦山信迴緘乳管麤白月半窻抄朮序清泉一器授芝圖乞求待得西風起盡去挽煙帆入太湖

露槿風杉滿曲除高秋無事似雲廬醉多已任家人厭病久還甘吏道疎青杻巾箱時寄藥白綸卧具半拋書君卿脣舌非吾事且向江南問鱠魚

奉和次韻　龜蒙

心似孤雲任所之世塵中更有誰知愁尋冷落驚雙鬢病得清涼減四支懷舊藥溪終獨往宿枯杉寺已頻期兼須爲月求高處即是霜輪殺滿時

帆檝衣裳盡釣徒往來蹤跡遍三吴閑中展卷興亡小醉

後題詩點畫麁龘松鳥伴譚多道氣竹窻孤夢豈良圖還須待致昇平了即任扁舟放五湖

聲利從來解破除秋灘唯憶下桐廬鸕鷀陣合殘陽少蜻蛚吟高冷雨踈辯伏南華論指指才非玄晏借書書當時任使真堪笑波上三年學炙魚

南陽潤卿將歸雷平因而有贈　日休

借問山中許道士此廻歸去復何如竹屛風扇抄遺事柘步輿竿繫隱書絳樹實多分紫鹿丹沙泉淺種紅魚東卿旄節看看至靜啓茅齋慎掃除

奉和　龜蒙

朝市山林隱一般却歸那減卧雲懽墮堦紅葉誰收得半盞青醪客醉乾玉笈詩成吟處曉金沙泉落夢中寒宜山

若降如相陪皆步星綱遠醮壇

訪寂上人不遇　日休

何處尋雲暫廢禪客來還寄草堂眠桂寒自落翻經案石冷空消洗鉢泉鑪裏尚飄殘玉篆龕中仍鏁小金仙須將二百籤迴去待得支公恐隔年

奉和　龜蒙

芭蕉霜後石欄荒林下無人閉竹房經抄未成拋素几錫環應撼過寒塘蒲團為拂浮埃散茶器空懷碧餑香早晚却還宗炳社夜深風雪對禪牀

顧道士亡弟子乞銘於襲美既而奉以束帛因賦戲贈　龜蒙

童初真府召為郎君與抽毫刻便房亦謂神仙同許郭不

妨才力似班揚比於黃絹詞尤妙酬以霜縑價未當唯我有文無賣處筆鋒銷盡墨池荒

奉和　日休

師去東華却鍊形門人求我誌金庭大椿枯後新爲記仙鶴亡來始有銘（前朝文集未有道士銘誌）瓊板欲刊知不朽冰紈將受恐通靈君才莫嘆無茲分合注神玄劍解經

秋夕文宴　得遥字　日休

啼螿衰葉共蕭蕭文宴無喧夜轉遥高韻最宜題雪讚逸才偏稱和雲謡風吹翠蠟應難刻月照清香太易消無限玄言一盃酒可能容得蓋寬饒

同前　得成字　龜蒙

筆陣初臨夜正清擊銅遥認小金鉦飛觥壯若遊燕市覓

句難於下趙城隈嶺故人因會憶傍簷棲鳥帶吟蘸梁王
座上多詞客五韻甘心第七成梁昭明嘗文宴賦詩各五韻劉孝威第七方成

南陽廣文欲於荊襄卜居因而有贈　日休

地胏從來是福鄉廣文高致更無雙青精飯熟雲侵竈白
襏衫成雪濺牕度日竹書千萬字經冬朮煎兩三釭鱸魚
自是君家味莫背松江憶漢江

代廣文先生詶次韻　龜蒙

不知天隱在何鄉且欲煙霞跡暫雙鶴廟未能齊月馭
鹿門聊擬並雲牕蘚銜荒磴移桑屐花浸春醪挹石釭
莫惜查頭容釣伴也應東印有餘江

寄毗陵魏處士朴　日休

文籍先生不肯官絮巾衝雪把魚竿一堆方冊為侯印三

紉幽巖是將壇醉少最因吟月冷瘦多偏爲卧雲寒兎皮
衾暖蓬舟穩欲共誰遊七里灘

奉和　龜蒙

經苑初成墨沼開何人林下肯尋來若非宗測圖山後即
是韓康賣藥迴溪籟自吟朱鷺曲沙雲還作白鷗媒唯
應地主公田熟時送君家麴蘖材

初冬偶作寄南陽潤卿　日休

寓居無事入清冬雖設樽罍酒半空白菊爲霜翻帶紫蒼
苔因雨却成紅迎潮預遣收魚笱防雪先教蓋鶴籠唯待
支硎最寒夜共君披氅訪林公

奉和次韻　龜蒙

逐日生涯敢計冬可嗟寒事落然空窻憐反照緣書小庭

喜新霜爲橘紅衰柳尚能和月動敗蘭猶擬倩煙籠不知海
上今清淺試與飛書問洛公

冬曉章上人院　　日休

山堂冬曉寂無聞一句清言憶領軍琥珀珠粘行處雪椶
櫚箒掃卧來雲松扉欲啓如鳴鶴石鼎初煎若聚蚊不是
戀師歸去晚陸機茸內足毛羣

奉和　　龜蒙

山寒偏是曉來多況值禪牕雪氣和病客功夫經未演故人
書信約新磨閑臨静案修茶品獨傍深溪記藥科從此逍
遥知有地更乘清月伴君過

寄題鏡巖周尊師所居詩并序　　日休

處州仙都山山之半有洞口下望之如鑑目之曰鏡巖下去地二

百尺上者以竹梯爲級中如方丈内有乳水滴瀝嵌鏄黃老徒周君景復居焉迨八十年不食乎粟日唯焚降眞香一炷讀靈寶度人經而已東牟段公柯昔爲州日聞其名梯其室以造之且曰君居此久矣乳水之滴晝夜可知量乎周君曰某常揣之盡晝與夜一斛加半焉公異而禮之後柯別十二年日休至吳處人過説周君尚存吟想其道無由以覿因寄題是詩云

詩

八十餘年住鏡巖鹿皮巾下雪髟髟牀寒不奈雲縈枕經潤何妨乳滴函飲澗猿迴窺絶洞緣梯人歇倚危杉如何計吏窮於鳥欲望仙都舉一帆

奉和　龜蒙

見説身輕鶴不如石房無侶共雲居清晨自削靈香柹蜀

夜空吟碧落書十洞飛精應徧吸一莖秋髮未曾梳知君便入懸珠會早晚東騎白鯉魚

寒夜文宴　得泉字　日休

分朋競襞七香牋王朗風姿盡列仙盈篋共開華頂藥滿䍃同坼惠山泉蟹因霜重金膏溢橘爲風多玉腦鮮吟罷不知詩首數隔林明月過中天

同前　得蘂字　龜蒙

各將寒調觸詩情旋見微澌入硯生霜月滿庭人暫起汀洲半夜鴈初驚三清毎爲仙題想一日多因累句傾千里建康衰草外含毫誰是憶昭明

庚寅歲十一月新羅弘惠上人與本國同書請　日休

爲靈鷲山周禪師碑將還以詩送之

三十麻衣弄渚禽豈知名字徹雞林勒銘雖即多遺草越海還能抵萬金鯨鬣曉掀峯正燒鼇鼉晴夜没島還陰二千餘字終天别東望辰韓淚灑襟

奉和　龜蒙

一函迢遞過東瀛秖爲先生處乞銘已得雄詞封静撿却懷孤影在禪庭春過異國人應寫夜讀滄洲怪亦聽遥想勒成新塔下盡望空碧禮文星

送潤卿博士還華陽　日休

雪打蓬舟離酒旗華陽居士半酣歸逍遥只恐逢雲將恬澹真應降月妃仙市鹿胎如錦嫩陰宮燕肉似蘇肥公車草合蒲輪壞爭不教他白日飛

同前　龜蒙

何事輕舟近臘迴茅家兄弟欲歸來茅司命以三月十八日十二月二日會子華陽天封題玉洞虛無奏點檢霜壇沆瀣柸雲肆先生分氣調山圖公子愛詞才殷勤爲向東卿薦灑掃含真雪後臺

寒日書齋即事三首 日休

叅佐三間似草堂恬然無事可成忙移時寂歷燒松子盡日殷勤拂乳牀將近道齋先衣褐欲清詩思更焚香空庭好待中宵月獨禮星辰學步綱

不知何事有生涯皮褐親裁學道家深夜數甌唯柘葉清晨一器是雲華雲母別名盆池有鷺窺蘋沫石版無人掃桂花江漢欲歸應未得夜來頻夢赤城霞

方朔家貧未有車肯從榮利捨樵漁從公未怪多侵酒見客唯求轉借書暫聽松風生意足偶看溪月世情踈如鈎

得貴非吾事合向煙波爲玉魚松江有玉魚

奉和每篇各用一韻　　龜蒙

不必探幽上鬱岡公齋吟嘯亦何妨唯求薏苡供僧食別著氍毹待客牀春近帶煙分短薤曉來衝雪撼踈篁餘杭山酒猶封在遥囑高人未肯甞

已上星津八月槎文通猶自學丹砂江文通有丹砂可學賦仙經寫得空三洞隱士招來別九華静對眞圖呼緑齒偶開神室問黄牙方諳更是憐才子錫賚於君合有差

名價皆酬百萬餘尚憐方丈講玄虛西都賓問曾成賦東海人求近著書襲美嘗作弔江都賦又新羅僧請爲大師碑銘茅洞煙霞侵寤寐壇溪風月挂樵漁清朝還要廷臣在兩地寧容便結廬

臘後送內大德從勗遊天台　日休

講散重雲下九天大君恩賜許隨緣霜中一鉢無辭乞湖上孤舟不廢禪夢入瓊樓寒有月（天台山有金庭不死之鄉及瓊樓玉室）行過石樹凍無煙（案消山有石樓樹吳大皇元年郡吏伍曜於海際得之枝莖紫色有光吳越謂之石連理也）他時瓜鏡知何用吳越風光滿御筵

奉和　龜蒙

應緣南國盡南宗欲訪靈溪路暗通（溪在天台山下）歸思不離雙闕下去程猶在四明東銅缾淨貯桃花雨金策閑搖麥穗風（上人指期國清過夏）若戀吾君先拜疏爲論台嶽未封公

寄題玉霄峯葉涵象尊師所居　日休

青冥向上玉霄峯元始先生戴紫蓉曉案瓊文光洞壑夜壇香氣惹杉松閑迎仙客來爲鶴靜噀靈符去是龍子細捫心無偃骨欲隨師去肯相容（偃骨在胷者名入星骨）

奉和　龜蒙

天台一萬八千文師在浮雲端掩扉永夜秖知星斗大深秋猶見海山微風前幾降青毛節雪後應披白羽衣南望煙霞空再拜欲將飛魄問靈威

南陽廣文博士還雷平後寄　龜蒙

微微春色染林塘親撥煙霞坐澗房陰洞雪膠知未入濁醪風破的偷嘗芝臺曉用金鐺煮星度閑將玉鈴量幾遍侍辰官欲降曙壇先起獨焚香

奉和次韻　日休

春彩融融釋凍塘日精閑嚥坐巖房瓊函靜啓從猿覷金液初開與鶴嘗八會舊文多搭寫七眞遺語剩思量不知夢到爲何處紅藥滿山煙月香

題支山南峯僧　日休

雲侵壞衲重隈肩不下南峯不記年池裏群魚曾受戒林
卿孤鶴欲叅禪雞頭竹上開危逕鴨脚花中擿廢泉無限
吴都堪賞事何如來此看師眠

奉和次韻　龜蒙

眉毫霜細欲垂肩自說初棲海岳年萬壑煙霞秋後到一
林風雨夜深禪時翻貝葉添新藏閑揷松枝護小泉好是
清冬無外事匡牀齋罷向陽眠

送董少卿遊茅山　日休

名卿風度足杓斜一舸閑尋二許家天影曉通金井水山靈
深護玉門沙空壇禮後銷香母陰洞緣時觸乳花盡待于公
作廷尉（卿嘗爲大理用法有廉平之稱）不須從此便飡霞

同前　　龜蒙

威輦高懸度世名至今仙裔作公卿將隨羽節朝珠闕曾佩魚符管赤城（董嘗判台州）雲凍尚含孤石色雪乾猶墮古松聲應知四扇靈方在待取歸時緑髮生

襲美將以緑罽爲贈因成四韻　　龜蒙

三逕風霜利若刀襜褕吹斷罥蓬蒿病中紙自悲龍具世上何人識羽袍狐貉近懷珠履貴薜蘿遥羨白巾高陳王輕暖如相遺免製衰荷效廣騷

詶魯望見迎緑罽次韻　　日休

輕裁鴨緑任金刀不怕西風斷野蒿酬贈既無青玉案纖華猶欠赤霜袍煙披怪石難同逸竹映仙禽未勝高成後料君無別事只應酣飲詠離騷

寄懷南陽潤卿　日休

鹿門山下捕魚郎今向江南作渴羗無事只陪看藕㨾有錢唯欲買湖光醉來渾忘移花處病起空聞焙藥香何事對君猶有愧一蓬衝雪返華陽

奉和　龜蒙

高抱相逢各絶塵水經山疏不離身才情未擬陽從事玄解猶嫌竺道人霞染洞泉渾變紫雪披江樹半和春誰憐故國無生計唯種南塘二畝芹

天竺寺八月十五日夜桂子　日休

玉顆珊珊下月輪殿前拾得露華新至今不會天中事應是常娥擲與人

奉和　龜蒙

霜實常聞秋半夜，天台天竺墮雲岑。垂拱中天台桂子落一十餘日方止如何兩地無人種，却是湘灘是桂林。

釣侶二章　日休

趂眠無事避風濤，一斗霜鱗換濁醪。吴中賣魚論斗驚怪兒童呼不得，盡衝煙雨漉車螯。

嚴陵灘勢似雲崩，釣具歸來放石層。煙浪濺篷寒不睡，更將枯蚌點漁燈。

奉和次韻　龜蒙

一艇輕樺看晚濤，接䍦抛下漉春醪。相逢便倚蒹葭泊，更唱菱歌擘蟹螯。

雨後沙虛古岸崩，魚梁移入亂雲層。歸時月墮汀洲暗，認得妻兒結網燈。

寄同年韋校書　日休

二年踈放飽江潭，水物山容盡足躭。唯有故人憐未替，欲封乾鱠寄終南。

奉和　龜蒙

萬古風煙滿故都，清才搜括妙無餘。可中寄與芸香客，便是江南地里書。

初冬偶作　日休

豹皮茵下百餘錢，劉墮閑沽盡醉眠。酒病校來無一事，鶴亡松老似經年。

奉和次韻　龜蒙

桐下空堦疊緑錢，貂裘初綻擁高眠。小壚低幌還遮掩，酒滴清香似去年。

醉中寄魯望一壺并一絕　日休

門巷寥寥空紫苔先生應渴解酲盃醉中不得親相倚故
遣青州從事來

走筆次韻奉詶　龜蒙

酒痕衣上雜莓苔猶憶紅螺一兩盃正被遶籬荒菊笑日
斜還有白衣來

更次來韻寄魯望　日休

蕭蕭紅葉擲蒼苔玄晏先生欠一盃從此問君還酒債顏
延之送幾錢來

又和次韻　龜蒙

堦下飢禽啄嫩苔野人方倒病中盃寒蔬賣却還沽喫可
有金貂扶得來

重玄寺雙矮檜　　日休

撲地枝徊是翠鈿碧絲籠細不成煙應如天竺難陀寺一對狻猊相枕眠

奉和　　龜蒙

可憐煙剌是青螺如到雙林誤禮多更憶早秋登北固海門蒼翠出晴波

醉中戲贈襲美　　龜蒙

南北風流舊不同傖吳今日若相通病來猶伴金盃滿欲得人呼小褚公

奉詶次韻　　日休

秦吳風俗昔難同唯有才情事事通剛戀水雲歸不得前身應是太湖公

皐橋　　日休

皐橋依舊緑楊中閭里猶生隱士風唯我到來居上館不知何道勝梁鴻

奉和　　龜蒙

横絶春流架斷虹凭欄猶思五噫風今來未必非梁孟却是無人繼伯通

松陵集卷第八

松陵集卷第九 今體五七言詩八十六首

過張祐處士丹陽故居 并序 [illegible]

萱與故張處士祐世家通舊尚憶[illegible]嘗承處士撫抱之仁目管輅爲神童期孔融於偉器光陰徂謝二紀于兹適經其故居已易他主訪遺孤之所止則距故居之右二千餘步荆榛之下蓽門啓焉處士有四男一女男曰椿兒桂子椅兒杞兒問之三已物故唯杞爲遺孕與其女尚存欲揖杞與言則又求食於汝墳矣但有霜鬢而黄冠者杖策迎門乃昔時愛姬崔氏也與之話舊歷然可聽嗟乎葛帔練裙兼非所有琴書圖籍盡屬他人又云横塘之西有故田數百畝力既貧窶十年不耕唯歲賦萬錢求免無所鳴呼昔爲穆生置醴鄭公立鄉者復何人哉因吟五十六字以貽好事者

憶昔爲兒逐我兄曾抛竹馬拜先生書齋已換當時主詩壁空題故友名豈是爭權留怨敵可憐當路盡公卿柴扉草屋無人問猶向荒田責地征

和張處士詩并序　　龜蒙

張祜字承吉元和中作宮體小詩辭曲艷發當時輕薄之流能其才合譟得譽及老大稍窺建安風格誦樂府録知作者本意短章大篇往往間出譏諷怨譎時與六義相左右善題目佳境言不可刊置別處此爲才子之最也由是賢俊之士及高位重名者多與之游謂有鵠鷺之野孔翠之鮮竹栢之貞琴磬之韻或薦之於天子書奏不下亦受辟諸侯府性狷介不容物輒自劾去以曲阿地古澹有南朝之遺風遂

築室種樹而家焉性嗜水石常悉力致之從知南海閒罷職載羅浮石筍還不蓄善田利産爲身後計死未二十年而故姬遺孕凍餒不暇前所謂鵁鷺孔翠竹柏琴磬之家雖朱輪尚乘遺編尚吟未嘗一省其孤而恤其窮也噫人假之爲玩好不根於道義耶懼其怨刺於誠明耶天果不愛才没而猶譴耶吾一不知之友人顔弘至行江南道中訪其廬作詩弔而序之屬余應和余泊没者不足哀承吉之道要龔美同作庶乎承吉之孤倚其傳而有憐者

詩

勝華逌子共悲辛荒逕今爲舊宅隣一代交遊非不貴五湖風月合教貧寃應絶地爲才鬼名與遺編在史臣聞道平生偏愛石至今猶立洞庭人

魯望恨承吉之孤爲詩序遺余疊和欲用余道
振其孤而利之噫承吉之困身後乎魯望視余困
與承吉生前孰若哉未有己困而能振人者然
抑爲之詞用塞良友之意　日休
先生清骨葬煙霞業破孤存孰爲嗟幾篋詩編分貴位一林
石笋散豪家兒過舊宅啼楓影姬遶荒田泣稗花唯我共
君堪便戒莫將文譽作生涯
旅泊吴門呈一二同志　前廣文博士張賁
一舸吴江晚堪憂病廣文鱸魚誰與伴鷗鳥自成羣反照
縱横水斜空斷續雲異鄉無限思盡付酒醺醺
奉詶次韻　龜蒙
高秋能叩觸天籟忽成文苦調雖潛倚靈音自絶羣茅峯

曾醮斗笠澤久眠雲許伴山中躅三年任一醺

賁中間有吳門旅泊之什多垂見和更作一章以

伸詶謝

偶發陶匏響皆蒙組繡文清秋將落帽子夏正離群有

恨書燕鴈無聊賦郢雲偏看心自醉不是酒能醺

更次韻奉詶　龜蒙

獨倚秋光岸風漪與簟文玄堪教鳳集書好換鵝羣葉墮

平臺月香消古徑雲強歌非白紵聊以送餘醺

魯望示廣文先生吳門二章情格高散可醒俗態

因追想山中風度次韻屬和存于詩編魯望之命也

日休

我見先生道休思鄭廣文鶴翻希作伴鷗却覓爲群逸好

冠清月高宜著白雲朝庭未無事爭任醉醺醺

能諳肉芝樣解講隱書文終古神仙窟窮年麋鹿群行廚煑白石卧具拂青雲應在雷平上支頤復半醺

寄潤卿博士　　日休

高既可爲要玄纁鶴尾金爐一世焚（陶貞白有金鶴尾香爐）塵外鄉人爲許掾山中地主是茅君將收芝菌唯防雪欲曬圖書不奈雲若便華陽終卧去漢家封禪用誰文

詶襲美先輩見寄倒來韻　　張賁

尋疑天意喪斯文故選茅峯寄白雲酒後只留滄海客香前唯見紫陽君近年已絶詩書癖今日兼將筆硯焚爲有此身猶苦患不知何者是玄纁

奉和襲美寄廣文先生　　龜蒙

忽辭明主事眞君直取姜巴路入雲龍篆拜時輕誥命霓襟披後小玄纏峯前北帝三元會石上東卿九錫文應笑世間名利火等閑靈府剩先焚

軍事院霜菊盛開因書一絶寄上諫議　日休

金華千點曉霜凝獨對壷觴又不能已過重陽三十日至今猶自待王弘

奉詶霜菊見贈之什　蘇州刺史崔　璞

菊花開晚過秋風聞道芳香正滿叢爭奈病夫難強飮應須速自召車公

奉和諫議詶先輩霜菊　龜蒙

紫莖芳艶照西風秪怕霜華掠斷叢雖伴應劉還強醉路人終要識山公

幽居有白菊一叢因而成詠呈一二知己　龜蒙

還是延年一種材（菊之別名）即將瑤朵冒霜開不如紅艷臨歌扇

欲伴黃英入酒盃陶令接籬堪岸著梁王高屋好欹來（梁朝有紗高屋帽）

月中若有閑田地為勸常娥作意栽

奉和　張賁

雪彩冰姿號女華寄身多是地仙家有時南國和霜立幾處

東籬伴月斜謝客瓊枝空貯恨袁郎金鈿不成奢自知終古

清香在更出梅粧弄晚霞

奉和　日休

已過重陽半月天琅華千點照寒煙蘂香亦似浮金靨花

樣還如鏤玉錢玩影馮妃堪比艷鍊形蕭史好爭妍無由摘

向牙箱裏飛上方諸贈列仙

奉和　進士鄭　璧

白艷輕明帶露痕始知佳色重難群終朝凝笑梁王雪盡日慵飛蜀帝雲燕雨似翻瑤渚浪鴈風疑卷玉綃紋瓊妃若會寬裁翦堪作蟾宫夜舞裙

奉和　進士司馬都

恥共金英一例開素芳須待早霜催逺籬看見成瑤圃泛酒初迷傍玉盃映水好將蘋作伴犯寒疑與雪爲媒夫君每尚風流事應爲徐妃致此栽

華庭鶴聞之舊矣及來吳中以錢半千得一隻養之殆經歲不幸爲飲啄所誤經夕而卒悼之不已遂繼以詩南陽潤卿博士浙東德師侍御毗陵魏不琢處士東吳陸魯望秀才及厚於余

老悉寄之詩垂見和　　日休

池上低摧病不行誰教仙㲋反層城陰苔尚有前朝跡晈月新無昨夜聲菰米正殘三日料筠籠休礙九霄程不知此恨何時盡遇著雲泉即愴情

莫怪朝來淚滿衣墮毛猶傍水花飛遼東舊事今千古却向人間葬令威

奉和龔美先輩悼鶴二首

前浙東觀察推官兼殿中侍御史李　縠

才子襟期本上清陸雲家鶴伴閑情猶憐反顧五六里何意忽歸十二城露滴誰聞高葉墜月沈休藉半堦明人間華表堪留語剩向秋風寄一聲

道林曾放雪翎飛應悔庭除閑羽衣料得王恭披鶴氅倚

吟猶待月中歸

奉和　張賁

池塘蕭索掩空籠玉樹同嗟一土中莎徑罷鳴唯泣露松軒休舞但悲風丹臺舊氅難重緝紫府新書豈更通雲減霧消無處問只留華髮與衰翁

渥頂鮮毛品格馴莎庭閑暇重難羣無端日暮東風起飄散春空一片雲

奉和　龜蒙

一夜圓吭絶不鳴八公虚道得千齡方添上客雲眠思忽伴中仙劍解形但掩叢毛穿古堞永留寒影在空屏君才幸自清如水更向芝田爲刻銘

鄴都[illegible][illegible]字重思遥想飛竄去未[illegible]爭奈[illegible]鳥無數建黄

昏來口舊樓技

奉和　魏朴

直欲裁詩問杳冥豈敎靈化亦浮生風林月動疑留鬼沙
島煙愁似蘊情雪骨夜封蒼蘚冷練衣寒在碧塘輕人間
飛去〻猶堪恨況是泉臺遠玉京
經秋宋玉已悲傷況報胎禽昨夜亡霜曉起來無問處伴
僧彈指遶荷塘

傷開元觀顧道士　日休

協晨宮〻上啓金扉詔使先生坐蛻歸鶴有一聲應是哭丹無
餘粒恐潛飛煙凄玉笥封雲篆月慘琪花葬羽衣腸斷雷
平舊遊處五芝無影草微微

奉和　張賁

鳳麟膠盡夜如何共嘆先生劒解多幾度弔來唯白鶴此時乘去必青騾圖中含景隨殘照琴裏流泉寄逝波悵望眞靈又空返玉書誰授紫微歌

奉和　龜蒙

何事神超入杳冥不騎孤鶴上三清多應白簡迎將去即是朱陵鍊更生藥奠肯同椒醑味雲謡空替薤歌聲　武皇徒有飄飄思誰問山中宰相名

奉和　鄭璧

斜漢銀瀾一夜東飄飄何處五雲中空留華表千年約纔畢丹爐九轉功形蛻遠山孤壙月影寒深院曉松風門人不覩飛升去猶與浮生哭恨同

醉中即席贈潤卿博士　日休

適越遊吳一散仙銀鉼玉柄兩翛然茅山頂上携書簏笠
澤心中漾酒船桐木布温吟倦後桃花飯熟醉醒前謝安
四十餘方起猶自高閑得數年

奉和次韻　張賁

桂枤新下月中仙學海詞鋒譽藹然文陣已推忠信甲窮
波猶認孝廉船清標稱住羊車上俗韻慚居鶴氅前共許
逢蒙快弓箭再穿楊葉在明年

奉和次韻　龜蒙

共是虛皇簡上仙清詞如羽欲飄然登山凡著幾量屐破
浪欲乘千里船遠夢只留丹井畔閑吟多在酒旗前誰知
海上無名者只記漁歌不記年

偶留羊振文先輩及一二文友小飲日休以眼病

初平不敢飲酒遣侍密歡因成四韻

謝莊初起怯花晴強侍紅筵不避觥久斷盃盂華蓋喜忽聞歌吹谷神驚襹褷正重新開柳呫囁難逌乍囀鸎猶有僧虔多蜜炬不辭相伴到天明

奉和襲美見留小讌次韻　前進士羊　昭業

澤國春來少遇晴有花開日且飛觥王戎似電休推病周顗纔醒衆却驚芳景漸濃偏屬酒暖風初暢欲調鸎知君不肯燃官燭爭得華筵徹夜明

襲美留振文小宴龜蒙抱病不赴猥示唱和因次韻仰詶

綺席風開照露晴祇將荼荈代雲觥繫絲似玉紛紛碎佳妓如鴻一一驚毫健幾多飛藻客羽寒寥落映花鸎幽人

獨自西牕曉閑凭香檉反照明

醉中襲美先起因成戲贈　李縠

休文雖即逃瓊液阿鶩還須掩玉閨月落金雞一聲後不
知誰悔醉如泥

走筆奉訓次韻　日休

麝煙苒苒生銀兔蠟淚漣漣滴繡閨舞袖莫欺先醉去
醒來還解驗金泥

奉和次韻　張賁

何事桃源路忽迷唯留雲雨怨空閨仙郎共許多情調莫
遣重歌濁水泥

奉和次韻　龜蒙

莫唱艷歌凝翠黛已通仙籍在金閨他時若寄相思淚

紅粉痕應伴紫泥

奉送浙東德師侍御罷府西歸　張賁

孤雲獨鳥本無依江海重逢故舊稀楊柳漸踈蘆葦白可
堪斜日送君歸

同前　龜蒙

王謝遺蹤玉籍仙三年閑上鄂君船詩懷白閣僧吟苦俸
買青田鶴價偏行次野楓臨遠水醉中衰菊卧涼煙芙蓉
散盡西歸去唯有山陰九萬牋

同前　日休

建安才子太微仙暫上金臺許二年形影欲歸温室樹夢
蒐猶傍越溪蓮空將海月爲京信尚使樵風送酒船從
比受恩知有處免爲傖鬼恨吳天

浙東罷府西歸道經吳中廣文張博士皮先輩陸秀才皆以雅篇相送不量荒詞亦用詶别

李　縠

豈有頭風筆下痊浪成蠻語向初筵蘭亭舊趾雖曾見柯笛遺音更不傳照曜文星吳分野留連花月晉名賢相逢只恨相知晚一曲驪歌又幾年

送羊振文先輩往桂楊歸覲　龜蒙

風雅先生去一麾過庭才子趣歸期時使君丈人自毛詩博士出牧讓王門外開帆葉義帝城中望戟支郢路漸寒飄雪遠湘波初暖漲雲遲靈均精魄如能問又得千年賈傅詞

同前　日休

桂陽新命下彤墀綵服行當欲雪時登第已聞傳禰賦問

安猶聽講韓詩竹人臨水迎符節（曹昍湘中賦云簣當食人）風毋穿雲避信旗（桂陽山中有風毋獸擊殺向風輙活）無限湘中悼騷恨憑君此去謝江蘺

同前　顏萱

高挂吳帆喜動容問安歸去指湘峯懸魚庭內芝蘭秀馭鶴門前薜荔封（蘇耽舊宅在郴州）紅旆正憐棠影茂綵衣偏帶桂香濃臨歧獨有霑襟戀南巷當年共化龍（先輩與拾遺叔父同〻也）

同前　司馬都

此去攉榮冠士林離筵休恨酒盃深雲梯萬仞初高步月桂餘香尚滿襟鳴棹曉衝蒼靄發落帆寒動白華吟君家祖德唯清苦却笑當時問絹心

褚家林亭　日休

廣亭遙對舊娃宮竹島蘿溪委曲通茂苑樓臺低檻外

太湖魚鳥徹池中蕭踈桂影移茶具狼藉蘋花上釣筒爭得共君來此住便披鶴氅對清風

奉和　張賁

踈野林亭震澤西朗吟閑步喜相攜時時風折蘆花亂處處霜摧稻穗低百本敗荷魚不動一枝寒菊蝶空迷今朝偶得高陽伴從放山公醉似泥

奉和　龜蒙

一陣西風起浪花遶欄干下散瑤華高窻曲檻仙侯府卧葦荒芹白鳥家孤嶋待寒凝片月遠山終日送餘霞若知方外還如此不要乘秋上海槎

送圓載上人歸日本國　日休

講殿談餘著賜衣椰帆却返舊禪扉貝多紙上經文動如

意餅中佛爪飛颶母影邊持戒宿波神宮裏受齋歸家山到日將何入白象新秋十二圍

重送　日休

雲濤萬里最東頭射馬臺深玉署秋（射馬臺即今王城也）無限屬城爲躶國幾多分界是亶州（州在會稽海外傳是徐福之裔）取經海底開龍藏誦咒空中散蜃樓不奈此時貧且病乘桴直欲伴師遊

同前　龜蒙

老思東極舊巖扉却待秋風泛舶歸曉梵陽烏當石磬夜禪陰火照田衣見翻經論多盈篋親植杉松大幾圍遥想到時思魏闕秖應遥拜望斜暉

聞圓載上人挾儒家書泊釋典以行更作一絶以送　龜蒙

九流三藏一時傾萬軸光凌渤澥聲從此遺編東去後却應

荒外有諸生

同前　　顏萱

師來一世恣經行却泛滄波問去程心靜已能防渴鹿鼙喧時爲駭長鯨（師云每遇鯨舟人必鳴鼓而恐之）禪林幾結金桃重（日本有金桃實重一斤）梵室重修鐵瓦輕（以鐵爲瓦輕於陶者）料得還鄉無別利只應先見日華生

文讌招潤卿博士辭以道侶將至因書一絶寄之　龜蒙

仙客何時下鶴翎方瞳如水腦華清不過傳達揚君夢從許人間小兆聽

奉和　日休

癭木樽前地肺圖爲君偏輟俗功夫靈眞散盡光來此莫戀安妃在後無

再招　龜蒙

遥知道侣談玄次又是文交麗事時雖是寒輕雲重日也
留花簟待徐摛

奉和　日休

飇御已應歸杳眇博山猶自對氛氳不知入夜能來否紅
蠟先教刻五分

偶約道流終乖文會因成一絶用荅四篇　張賁

仙侣無何訪蔡經兩煩韶護出彤庭人間若有登樓望應
恠文星近客星

以青飿飯分送襲美魯望因成一絶　張賁

誰屑瓊瑶事青飿舊傳名品出華陽應宜仙子胡麻
拌因送劉郎與阮郎

閏卿遺青飿飯兼之一絶仰用荅謝　日休

傳得三元餌飯名大宛聞説有仙䄅按[illegible]通其三傳大宛北谷子自号

青精先生分泉過屋春青稻此飯以青龍稻爲之拂霧影衣折紫莖南燭莖微紫色

蒸處不教雙鶴見服來唯怕五雲生草堂空坐無飢色時

把金津漱一聲

同前　龜蒙

舊聞香積金仙食今見青精玉斧飡自笑鏡中無骨録

可能飛上紫霞端

酒病偶作　日休

鬱林步障晝遮明一炷濃香養病酲何事晚來還欲飲

隔墻聞賣蛤蜊聲

奉和次韻　龜蒙

柳踈桐下晚牕明秪有微風爲析酲唯欠白絹籠解散解散王儉

髻名時人皆慕之也洛生閑詠兩三聲

奉和次韻　張賁

白編椰席鏤冰明應助楊青解宿酲難繼二賢金玉唱可憐空作斷猿聲

潤卿魯望寒夜見訪各惜其志遂成一絶　日休

世外爲交不是親醉吟俱岸白綸巾風清月白更三點未放華陽鶴上人

奉和次韻　張賁

雲孤鶴獨且相親倣効從他折角巾不用吴江嘆留滯風姿俱是玉清人

奉和次韻　龜蒙

醉韻飄飄不可親掉頭吟則華陽巾如能敀御東悤下更

是羲皇世上人

玩金雞鸂戲贈襲美　龜蒙

曾向溪邊泊暮雲至今猶憶浪花群不知鏤羽凝香霧堪
與鴛鴦覺後聞

奉和　日休

鏤羽影毛迥出群温黁飄出麝臍薰夜來曾吐紅茵畔猶
似溪邊睡不聞

奉和　張賁

翠羽紅襟鏤彩雲雙飛常笑白鷗群誰憐化作影金質從
惜沉檀十里聞

友人許惠酒以詩徵之　日休

野客蕭然訪我家霜殘白菊兩三花子山病起無餘事只

望蒲臺酒一車　庾信集云蒲州刺史中山公許酒一車未送

奉和　鄭璧

乘興閑來小謝家便裁詩句乞榴花邨原雖不無端醉也
要臨風從鹿車

奉和　龜蒙

凍醪初漉嫩如春輕蟻漂漂雜藻塵得伴方平同一醉明
朝應作蔡經身

寒夜文讌潤卿有期不至　日休

草堂虛灑待高眞不意清齋避世塵料得焚香無刷
事存心應降月夫人

奉和　龜蒙

細雨輕觴玉漏終上清詞句落吟中松齋一夜懷眞白霜

外空閭玉粹屆

奉和　　鄭壁

已知羽駕朝金闕不用燒蘭望玉京應是昜遷明月
好玉皇留看舞雙成

蒙恩除替將還京洛偶叙所懷因成六韻呈軍
事院諸公郡中一二秀才　崔璞

兩載求人瘼三春受代歸務繁多簿籍才短乏恩威共
理乖天奬分憂值歲飢遽蒙交郡印（到郡十二箇月除替未及三年）安敢整
朝衣作牧慙爲政思鄉念式微儻容還故里高卧掩柴扉

諫議以罷郡將歸以六韻賜示因伃詶獻　日休

欲下持衡詔先容解印歸露濃春後澤霜薄霽來威
舊化堪治疾餘思可療飢隔花攀去棹穿柳挽行衣佐

理能無取酬知〻甚微空將千感淚異日拜黄扉

謹和諫議罷郡叙懷六韻　龜蒙

已報東吴政初捐左契歸天應酬苦節人不犯寒威江上思

重借朝端望載飢紫泥封夜詔金殿賜春衣對酒情何遠

裁詩思極微待升鎔造日江海問漁扉

松陵集卷第九

松陵集第十 雜體詩八十六首

雜體詩序

案舜典帝曰夔命汝典樂教胄子詩言志歌詠言在焉周禮大師之職掌教六詩諷賦既興風雅互作雜體遂生焉後係之于樂府盖典樂之職也在漢代李延年爲協律造新聲雅道雖缺樂府乃盛鐃歌鼓吹拂舞子俞因斯而興詞之體不得不因時而易也古樂書論之甚詳今不能備載載其他見者案漢武集元封三年作栢梁臺詔羣臣二千石有能爲七言詩者乃得上坐帝曰日月星辰和四時梁王曰驂駕駟馬從梁來由是聯句興焉孔融詩曰漁父屈節水潛匿方作郡姓名字離合也由是離合興焉晉傅咸有廻文反覆詩二首云反覆

其文若以示憂心展轉也悠悠遠邁獨煢煢是也由是反覆興焉晉温嶠有廻文虛言詩云寧神靜泊損有崇亡由是廻文興焉梁武帝云後牖有朽柳沈約云偏眠舩舷邊由是疊韻興焉詩云蝃蝀在東又曰鴛鴦在梁由是雙聲興焉詩云惟南有箕不可以簸揚惟北有斗不可以挹酒漿近乎戲也古詩或爲之盖風俗之言也古有採詩官命之曰風人園棊燒敗襖看子故依然由是風人之作興焉梁書云昭明善賦短韻吴均善鬬強韻今亦効而爲之存于編中陸生與予各有是爲凡八十六首至如四聲詩三字離合全篇雙聲疊韻之作悉陸生所爲又足見其多能也案齊竟陵王郡縣詩曰追芳承荔浦揖道信雲丘縣名由是興焉案梁元藥名詩曰

戍客恒山下當思衣錦歸藥名由是興焉陸與予亦有是作至如鮑昭之建除沈炯之六甲十二屬梁簡文之卦名陸惠曉之百姓梁元帝之鳥名龜兆蔡黃門之口字古兩頭纖纖稾砧五雜組已降非不能也皆鄙而不爲噫由古至律由律至雜詩之道盡乎此也近代作雜體唯劉賔客集中有廻文離合雙聲疊韻如聯句則莫若孟東野與韓文公之多他集罕見足知爲之之難也陸與予竊慕其爲人遂合己作爲雜體一卷屬予序雜體之始云

苦雨雜言寄魯望　日休

吴中十日涔涔雨歊蒸庳下豪家苦可憐臨頓陸先生獨自翛然守環堵兒飢僕病漏空厨無人肯典破衣裾蟲蠃時時上几桉鼃黽往往跳琴書桃花米斗半百錢枯荒

濕壞炊不燃雨牀莅席一素几仰卧高聲吟太玄知君志
氣如鐵石甌冶雖神銷不得乃知苦雨不復侵枉費畢星
無限力鹿門人作州從事周章以鼠唯知醉府金廩粟虛
請來憶著先生便知愧愧多饋少眞徒然相見唯知携酒
錢豪華滿眼語不信不如直上天公牋天公牋方修次且搒
鳴蓬來一醉

奉訓苦雨見寄　龜蒙

松篁交加午陰黑別是江南煙靄國頑雲猛雨更相欺聲
似虓號色如墨茅茨裛爛簷生衣夜夜化爲螢火飛螢飛
漸多屋漸薄一注愁霖當面落愁霖愁霖爾何錯滅頂
於余奚所作既不能賦似陳思王又不能詩似謝康樂（曹有愁霖賦謝有愁霖詩）
昔年嘗還杜子美亦得高歌破印紙慣曾掀攪大筆

多爲我才情也如此高揖愁霖詞未已披文忽自皮夫子
哀絃怨柱合爲吟恍我窮棲蓬藋裏初悲濕翼河由起
未欲牋天叩天耳其如玉女正投壺笑電霏霏作天喜
我本曾無一稜去円平生嘯傲空漁舡有時赤脚弄明月
踏破五湖光底天去歲王師東下急輸兵粟盡民相泣伊
余不戰不耕人敢怨蒸黎無粼粒不然受性圓如規千姿
萬態分毫釐唾壺虎子盡能執舐痔折枝無所辭有頭
强方心强直撐柱頹風不量力自愛垂名野史中寧論抱
困荒城側唯君浩歎非庸人分衣輟飲來相親橫眠大
榻忘華薦對食露葵輕八珍欲窮玄鳳未白欲懷仙鯨
尚隔不如駈入醉鄉中只恐醉鄉田地窄

齊梁怨別　龜蒙

寥寥欹月看將落簷外霜華染羅幕不知蘭棹到

何山應倚相思樹邊泊

奉和次韻　日休

芙蓉泣恨紅鉛落一朶別時煙似幕鴛鴦剛解惱離

心夜夜飛來棹邊泊

曉起即事因成迴文寄襲美　龜蒙

平波落月吟闌景暗幌浮烟思起人清露曉垂花謝半

遠風微動蕙抽新城荒上處樵童小石蘚分來宿鷺

馴晴寺野尋同去好古碑苔字細書勻

奉和曉起迴文　日休

孤煙曉起初原曲碎樹微分半浪中湖後釣筒移夜雨

竹傍眠几側晨風圖梅帶潤輕雲沾墨畫蘚經蒸半失

紅無事有杯持永日共君唯好隱墻東

夏日閑居作四聲詩寄襲美　龜蒙

平聲

荒池菰蒲深閑坐莓苔平江邊松篁多人家簾櫳清爲書淩遺編調絃夸新聲求懽雖殊途探幽聊怡情

平上聲

朝烟涵樓臺晚雨染島嶼漁童驚狂歌艇子喜野語山容堪停杯柳影好隱暑年華如飛鴻斗酒幸且舉

平去聲

新開窻猶偏自種蕙未遍書籤風摇閒釣榭霧破見耕耘閑之資嘯詠性最便希夷全天真詎要問貴賤

平入聲

端居愁無涯一夕髮欲白因爲鸞章吟忽憶鶴骨客手披
丹臺文脚著赤玉舄如蒙清音詶若渴吸月液

奉詶夏日四聲四首　　日休

平聲

塘平芙蓉低庭閑梧桐高清烟埋陽烏藍空含秋毫冠傾
慵移簪杯乾將鋪糟翛然非隨時夫君眞吾曹

平上聲

溝渠通疎荷浦嶼隱淺篠舟閑攢輕蘋槳動起靜鳥隂稀
餘乘閑縷盡晚爾小吾徒當斯時此道可以了

平去聲

怡神時高吟快意乍四顧村深啼愁鵑浪霽醒睡鷺書疲
行終朝罩困卧至暮吁哉當今交暫貴便異路

平入聲

先生何違時一室習窮歷松聲將飄堂岳色欲壓帶彈
琴奔玄雲斷藥折白石如教題君詩若得札玉冊

苦雨中又作四聲詩寄魯望　日休

平聲

涔涔將經旬昏昏空迷天鸕鷀成群嬉芙蓉相隈眠
漁道蓑衣城帆過菱花田秋收吾無望悲之眞徒絲

平上聲

河平州橋危壘晚水鳥上衝崖搜松根點沼寫茨響舟
輕道縈紆棧墮阻指掌携撓將尋君渚滿坐可往

平去聲

任霖昏悲今叟佳對病臥簪壺能影斜含書蟲易漏波

宵愁將琴攻畫悶用睡過堆書仍傾觴富貴未換箇

平入聲

羃䍦棲愁霖中缺宅屋木惡荷傾還驚魚竹滴復觸鶴閑僧千聲琴宿客一笈藥悠然思夫君忽憶蠟屐著

奉詶苦雨四聲重寄三十二句　龜蒙

平聲

幽棲眠疎窓豪居憑高樓浮漚驚跳丸寒聲思重衾牀前垂文竿巢邊登輕舟雖無東皐田還生魚乎憂

平上聲

層雲愁天低久雨倚檻冷絲含藏荷香錦鯉遶島影心將時人乖道與隱者靜桐陰無深泉所以逞短綆

平去聲

烏蟾俱沉光荁夜恨暗度何當乘雲螭面見上帝愬巨
言陰靈欺詔用利劒付迴車誅羣姦自散萬籟悠

平入聲

危簷仍空階十日滴不歇青莎看成狂白菊即欲沒吳
王荒金樽越妾挾玉瑟當時雖愁霖亦若惜落月

疊韻雙聲二首　龜蒙

疊韻山中吟

瓊英輕明生石脉滴瀝碧玄鉛仙偏憐白幘客亦惜

雙聲溪上思

溪空唯容雲木密不隕雨迎漁隱映間妄問謳鴉櫋

奉和疊韻山中吟　日休

穿煙泉潺湲觸竹犢觳觫荒篁香墻匡熟鹿伏屋曲

雙聲溪上思

踈杉低通灘冷鷺立亂浪草彩欲夷猶雲容空澹蕩

疊韻吳宮詞二首　龜蒙

膚愉吳都姝眷戀便殿宴逡巡新春人轉面見戰箭

二

紅櫳通東風翠珥醉易墜平明兵盈城弃置遂至地

奉和疊韻吳宮詞二首　日休

侵深尋嶔岑勢厲衞睥睨荒王將鄉亡細麗蔽袂逝

二

枍指替製曳康莊傷荒涼主虜部伍苦嬙亡房廊香

閑居雜題五首　以題十五字離合　龜蒙

鳴蜩早

閑來倚杖柴门口鳥下深枝啄晚虫周步一池銷半日十年聽此鬢如蓬

野態眞

君如有意耽田里予亦無機向藝能心跡所便唯是直人間聞道寂先憎

松間斟

予山園靜憐幽木公幹詞清詠萬門月上風微蕭灑甚斗醪何惜置盈樽

飲巖泉

已甘茅洞三君食欠買桐江一朵山嚴子瀨高秋浪白水禽飛盡釣舟還

當軒鶴

自笑與人乖好尚田家山客共柴車干時未似棲廬雀
鳥道閑携相爾書

奉和雜題五首　以題十五字離合　日休

晚秋吟

東皐烟雨歸耕日免去玄冠手刈禾火滿酒爐詩在口
今人無計奈儂何

好詩景

青盤香露傾荷女子墨風流更不言寺寺雲蘿堪
度日京塵到死撲侯門

醒聞檜

解洗餘酲晨半酉星星仙吹起雲門耳根莫厭聽佳
木會盡山中寂靜源

寺鐘暝

百緣斗藪無塵土寸地章煌欲布金重擊蒲牢唅山日冥
冥煙樹覩棲禽

砌思步

纚纚古蘚繃危石切切陰螢應晚田心事萬端何處止少
夷峯下舊雲泉

藥名離合夏日即事三首　　龜蒙

乘屐著來幽砌滑石甖煎得遠泉甘草堂紙待新秋景天
色微涼酒半酣

二

避暑最須從朴野葛巾筠席更相當歸來又好乘涼釣藤
蔓陰陰著雨香

三

窻外曉簾還自卷栢烟蘭露思晴空青箱有意終須續斷
簡遺編一半通

奉和　日休

季春人病抛芳杜仲夏溪波遶壞垣衣典濁醪身倚桂心
中無事到雲昏

二

數曲急溪衝細竹葉舟來往盡能通草香石冷無辭遠志
在天台一遇中

三

桂葉似茸含露紫葛花如綬蘸溪黃連雲更入幽深地骨
録閑携相獵郎

懷錫山藥名離合二首　日休

暗竇養泉容決決明園護桂放亭亭歷山居處當天半
夏裏松風盡足聽

二

曉景半和山氣白薇香清淨雜纖雲實頭事是眠平
石腦側空林看鹿群

奉和　龜蒙

鶴伴前溪栽白杏人來陰洞寫枯松蘿深境靜日欲落
石上未眠聞遠鍾

二

佳句成來誰不伏神丹偷去亦須防風前莫恠擕詩藁
本是吳吟盪槳郎

懷鹿門縣名離合二首　日休

山瘦更培秋後桂溪澄閑數晚來魚臺前過鴈盈千百
泉石無情不寄書

二

十里松蘿陰亂石門前幽事雨來新野霜濃處憐殘菊
潭上花開不見人

奉和　龜蒙

雲容覆枕無非白水色侵磯直是藍田種紫芝飡可壽
春來何事戀江南

二

竹溪深處猿同宿松閣秋來客共登封逕古苔侵石鹿城
中誰解訪山僧

寒日古人名一絶　　龜蒙

初寒朗詠徘徊立欲謝玄關早晚開昨日登樓望江色魚梁鴻鴈幾多來

奉和　　日休

北顧懽遊悲沈宋（梁武改爲北顧）南徐陵寢嘆齊梁水邊韶景無窮柳寒被江淹一半黄

胥口即事六言二首　　日休

波光杳杳不極霽景澹澹初斜黒蛺蝶粘蓮蘂紅蜻蜓裊菱花鴛鴦一處兩處舴艋三家五家會把酒舡隈荻共君作（去）箇生涯

二

拂釣清風細麗飄蓑暑雨霏微湖雲欲散未散嶼鳥

將飛不飛撥酒帽頭把看載蓮艇子撐歸斯人到死還
樂誰道剛須用機

奉和　龜蒙

雨後山容若動天寒樹色如消目送迴汀隱隱心隨挂鹿
搖搖白蘋知秋露裛青楓欲暮烟饒莫問吳趨行樂
酒旗竿倚河橋

二

把釣絲隨浪遠采蓮衣染香濃緑倒紅飄欲盡風斜
雨細相逢斷岸沉漁約畧（約略二音黑網也）隣村送客𦪇艒即是
清霜刮野乘閑莫厭來重

風人詩三首　龜蒙

十萬全師出遙知正憶君一心如瑞麥唯作兩歧分

二

破蘗供朝爨須知是苦辛曉天窺落宿誰識獨醒人

三

聞道更新幟多應廢舊期征衣無伴搗獨處自然悲

奉和　日休

刻石書離恨因成別後悲莫言春蠒薄猶有萬重思

二

鏤出容刀飾親逢巧笑難日中騷客珮爭奈即闌干

三

江上秋聲起從來浪得名逆風猶挂席苦不會帆情

寄題天台國清寺齊梁體　日休

十里松門國清路飯猿臺上菩提樹恠來煙雨落晴天元

是海風吹瀑布

同前　龜蒙

峯帶樓臺天外立明河色近罘罳濕松間石上定僧寒半夜楢溪水聲急

寒夜聯句

静境揖神凝寒華射林缺龜蒙清知思緒斷爽覺心源澈日休高唱戛金奏朗詠鏗玉節龜蒙我思兮沉寥君詞復凄切日休況聞風篁上擺落殘凍雪龜蒙寂爾萬籟清皎然諸靄滅日休幽慇客無夢南浦波應結龜蒙河光正如劒月魄方似玦日休短燼不禁挑冷毫看欲折龜蒙何夕重相期濁醪還爲設日休

開元寺樓看雨聯句

海上風雨來掀轟雜飛雷登樓一凭檻滿眼蛟龍戰龜蒙須
臾造化慘倏忽堪輿變萬戶響戈鋋千家披組練日休群
飛拋輪石雜下攻城箭點急似摧胄行斜如中面龜蒙細
灑魂空冷橫飄目能眩垂簷珂珮喧摽瓦珠璣濺日休無言
九陔遠瞬息馳應遍窗虎正垂絙微時又懸綫龜蒙寫作玉
界破吹為羽林旋翻傷列缺勞却怕豐隆倦日休遙瞻山露
色漸覺雲成片遠樹欲鳴蟬深簷尚藏燕龜蒙殘雷隱轔
盡反照依微見天光絜似磨湖彩熟於練日休踈帆逗前渚
晚磬分涼殿接思强揮毫窺詞幾焚硯龜蒙佶栗烏皮几
輕明白羽扇畢景好踈吟餘涼可清宴日休君攜乃下高登
僧引還深院駮蘚淨鋪筵任松濕垂鬚龜蒙齋明乍虛豁
林霽逾蔥蒨早晚重登臨欲去夕離戀日休

北禪院避暑聯句（司勳陸郎中居之）

歊蒸何處避來入戴顒宅逍遥脱單絞放曠抛輕策肥搔林下風偃仰澗中石日休殘蟬煙外響野鶴沙中跡到此失煩襟蕭然揖禪伯蘗懸疊霜蛻桂倚支雲錫龜蒙清陰竪毛髮爽氣舒筋脉逐幽隨竹書選勝鋪茄席魚跳上紫芡蝶化緣青壁日休心是玉蓮徒耳爲金磬敵吾宗昔高尚志在羲皇易豈獨斷韋編幾將刓鐵擿龜蒙天書旣屢降野抱難自適一入承明廬盱衡論今昔流光不容寸斯道甘枉尺日休旣起謝儒玄亦翻商羽翼封章帷幄遍夢寐江湖日擺落函谷塵高歆華陽幘龜蒙詔去雲無信歸來鶴相識半病奪牛公全慵捕魚客少微光一點落此茫礫索日休釋子問地塘門人廢幽蹟堪悲東序寶忽變西方

籍不見步兵詩空懷康樂夜 龜蒙 高名不可効勝境徒堪惜
墨沼轉䟴蕪玄齋踰閴寂遲遲不能去涼飇滿杉栢 日休 日下
洲島清煙生苾蒭碧俱懷出塵想共有吟詩癖終與淨名
遊還來雪山覔 龜蒙

獨在開元寺避暑煩懷魯望因飛筆聯句

煩暑雖難避僧家自有期泉甘於馬乳苔滑似龍漦 日休 任
誕襟全散臨幽榻旋移松行將雅拜篁陣欲交麾 龜蒙 望塔青
髯識登樓白鴿知石經森欲動珠像儼將怡筒簟臨杉穗
紗巾透雨絲靜譚蟬噪少涼步鶴隨遲 日休 煙重迴蕉扇風
輕拂桂帷對碑吳地說開卷梵天詞積水魚梁壞殘花病
枕欹懷君蕭灑處孤夢繞罘罳 龜蒙

寂上人院聯句

漻牀空默坐清景不知斜暗數菩提子閒看薜荔花 日休 有情
唯墨客無語是禪家背日聊依桂嘗泉欲試茶 龜蒙 石形蹲玉
虎池影閃金虵經筍安巖㔶餅囊挂樹椏 日休 書傳滄海外龕
寄白雲涯竹色寒凌箔燈光靜隔紗 龜蒙 趂幽翻小品逐勝講
南華莎彩融黃露蓮衣染素霞 日休 水堪傷聚沫風合落天葩
若許傳心印何辭古堞賒 龜蒙

藥名聯句

為待防風餅須添薏苡杯 張賁 香燃栢子後罇泛菊花來 日休 石
玉泉能洗垣衣雨為裁 龜蒙 從容犀局靜斷續玉琴哀 賁 白芷
寒猶采青箱醉尚開 日休 馬銜衰草卧烏啄蠹根迴 龜蒙 雨過蘭
芳好霜多桂末摧 賁 朱兒應作粉雲母詎成灰 日休 藝可屠龍
膽家曾近燕胎 龜蒙 牆高牽薜荔 障軟撼玫瑰 賁 鼺鼠啼書戶

蝸牛上硯臺休日誰能將藁本封與玉泉才龜蒙

寒夜文宴聯句

文星今夜聚應在斗牛間休日載石人方至乘槎客未還賁送觴繁露曲徵句白雲顏龜蒙節奏唯聽竹從容只話山休日理窮傾秘藏論猛折玄關賁鄙酒分中綠巴牋擘處殷龜蒙清言聞後醒強韻壓來閒休日犀柄當風揖瓊枝向月攀賁松吟方嘹唳泉夢憶潺潺龜蒙一旨文章草昭明不可刪休日

報恩寺南池聯句

古岸涵碧落龜蒙虛軒明素波坐來魚陣變休日吟久菊 多秋草分杉露嵩起危橋下竹坡遠峰青髻並龜蒙 鬚和趙論寒仍講休日支硎僻亦過齋心曾養鶴嵩起揮翰好邀鵝南峰院即故相國裴公書額奇石收奇藥龜蒙臨溪藉淺莎桂花晴似拭休日荷鏡曉如磨翠

出牛蹄聳起苔深馬跡跋公馬跡傘欹從野醉蒙龜巾側任
田歌跁跒松形矮日休般跚檜樾矬香飛僧印火嵩起泉急使
鑣珂菱鈿眞堪帖龜蒙蕁絲亦好拖幾時無一事日休相伴著
煙蘿嵩起

夜會問答十首

寒夜清日休問晉望簾外迢迢星斗明況有蕭閑洞中客吟爲
紫鳳呼皇聲時華陽廣文先生在焉
癭木杯龜蒙問襲美山贅楠瘤剞得來莫怪家人畔邊笑渠心
秌愛黃金壘
落霞琴日休問潤卿寥寥山水揚清音玉皇仙馭碧雲遠空使
松風終日吟
蓮花燭賁問襲美亭亭嫩蘂生紅玉不知含淚怨何人欲問無

由得心曲
金火障日休問魯望紅獸飛光射羅幌夜來斜展掩深爐半睡
芙蓉香蕩漾
憶山月龜蒙問潤卿前溪後溪清復絶看看又及桂花時空寄
子規啼處血
錦鯨薦龜蒙問襲美碧香紅膩承君宴幾度閑眠却覺來彩鱗飛
出雲濤面
懷溪雲日休問魯望漠漠閒籠鷗鷺羣有時日暮碧將合還被
漁舟來觸分
簫中笛龜蒙問襲美落梅一曲瑤華滴不知青女是何人三奏
未終頭已白
月下橋日休問魯望風外拂殘衰柳條高闌干處獨自立青翰

佰人吹玉簫

松陵集卷第十